怪談5分間の恐怖

病院裏《うら》の葬《ほうむ》り塚《づか》

中村まさみ

親による子殺し、子による親殺し、無差別殺人、親や身内による虐待死《ぎゃくたいし》……。
なぜ、人の世はここまですさんでしまったのでしょう。
人の心にひそむ闇《やみ》が、日を追うごとに深くなり、
それまではあたりまえであったはずの感情を無にしてしまう。
そんな闇《やみ》におかされそうな世の中に、一筋《ひとすじ》の光が届《とど》いたなら……。
自らの存在《そんざい》こそが奇跡《きせき》であり、それは〝いまを生きたかった〟人々の上に存在《そんざい》する。
怪談《かいだん》というツールを用いて、
ほんの一瞬《いっしゅん》でも命の尊厳《そんげん》・重さ・大切さを感じてもらえたなら……。
そんなことを思いながら、
これからわたしが体験した〝実話怪談《かいだん》〟をお話ししましょう。

怪談師《かいだんし》　中村まさみ

もくじ

通用口

先日、開催《かいさい》された大阪《おおさか》講演。

会場の舞台《ぶたい》は、まうしろにひかえ室が設置されており、そこへは舞台《ぶたい》の両そでから入れるようになっている。

ひかえ室には午後四時三十分から入れるとのことだったが、わたしはその少しまえに到着《とうちゃく》し、ひとりでだれかくるのを待っていた。

ひかえ室は、舞台《ぶたい》のある建物のとなりにある本館ともつながっているため、ときおり、関係者が行き来する音が聞こえることがある。

わたしが、買ってきた缶《かん》コーヒーを飲みながら、間近にせまった開演にさきがけ、出しものを模索《もさく》しているときだった。

かべ一枚《いちまい》へだてたむこう側のせまい通路から、なにかこう、大きな布団袋《ふとんぶくろ》でも運ぶような、

〝ズリズリ〟となにかをこする音が聞こえることに気づいた。

それも一度や二度ではなく、まるでいくつもの大きな布団袋《ふとんぶくろ》を運び出すような音が、しばらくの間続いている。さすがに気になった。

わざわざ顔を出してのぞくのも……と思い、タバコを吸《す》いにいく体《てい》で通用口を開けた。

その瞬間《しゅんかん》まで音は続いており、ドアを開けるとそこに数人がいて、大きな荷物を搬送中《はんそうちゅう》……のはずだった。

だが、そこにはだれもおらず、先にはただただ、暗い空間がのびているだけだった。

こわれる女

先日、ある友人のブログ日記タイトル「曲がっちゃう指輪」を読んでいて、思い出したことがある。

昔、おつきあいしていた女性のことだ。どういうわけか彼女《かのじょ》の家にある家電製品は、次から次へとこわれまくる。決して彼女《かのじょ》のあつかいがあらいわけでも、変な使い方をしているわけでもない。

しかし、もののみごとに、次々にこわれてしまうのだ。

「いい米が手に入ったから……」

精米し立てのササニシキを、わたしが持参したことがあった。

米をとぎ、新米基準で水位を合わせ炊飯器《すいはんき》にセットする。

その間、彼女《かのじょ》はキッチンに立ち、せっせとおかずを作っていた。ところが……。

「きゃーっ!」

彼女《かのじょ》がふりむいてみると、炊飯器《すいはんき》からボーボーとほのおがふき上がっていた。

なんとか消し止め確認《かくにん》してみると、ふたの上部にある、設定用のボタン周辺が激《はげ》しくこげている。

他にもこんなことがあった。

銀座《ぎんざ》で食事をした帰り、車をパーキングに入れたまま、ふたりでぶらりと周辺を散策《さんさく》した。一軒《いっけん》の貴金属店《ききんぞくてん》に入り、そこでこったデザインのペアリングを発見。値段《ねだん》も手ごろだったので、サイズを確認《かくにん》してそれを買い求め、片方《かたほう》を彼女《かのじょ》にプレゼントした。

一週間後。

友人の結婚式《けっこんしき》に招待されていた我々《われわれ》は、時計の針《はり》をにらみながら、それぞれ身じたくに精を出していた。

ふと視線《しせん》を落とすと、彼女《かのじょ》のドレッサーの上に、異様《いよう》な物体が置かれていることに気づいた。

「な、なんだよ、これっ!」

それを手に取って、わたしは思わずいった。

それはまさしく、先ごろ銀座《ぎんざ》で購入《こうにゅう》したあのペアリング。

しかし、いまわたしの手の上にあるその物体は、とうてい指輪とは思えないほど変形している。全体がよれよれになり、どす黒く変色しているのだ。

その上、あら目のサンドペーパーかなにかで研いだように、全体に細かな傷《きず》がおよんでいる。

呆然《ぼうぜん》とするわたしに、上目づかいで近寄ってきた彼女《かのじょ》はこういった。

「ごめんね。実はね、わたしが貴金属《ききんぞく》を身につけると……みんなこうなっちゃうのよ」

「へっ、変ないいわけすんじゃないよ！　気に入らないなら、気に入らないとはっきり……」

「ちがうの！　本当にちがうのよ！　そんなんじゃない」

そういわれて、わたしははっとした。

確かに、彼女《かのじょ》がそのような装飾品《そうしょくひん》の類いを身につけているのを、いまだかつて見たことがなかったのだ。

「大学生のころ、当時の彼《かれ》に初めて指輪をもらったの。細身の18金でね、数本のつめで支える、いわゆる立てづめで、かわいい宝石《ほうせき》がひとつぶついていたんだけど……」

つけ始めて数日後、立てづめ部分が、ありえない方向にひしげてしまったという。

「電車に乗って大学へ向かうとちゅう、つり革《かわ》につかまっていた方の手に痛《いた》みが走ったの。おどろいて見てみたら、その指輪が大きく変形して、指に食いこんでいたのよ。あれからもうずいぶんたつし、もしかしたらもうあんなことは起きないかも……そう思ってたんだけど……ごめんね」

そういい終えると、いったんすまなそうにわたしに目をむけて、彼女《かのじょ》はおしだまってしまった。

そんなことってあるのだろうか。

いったい彼女《かのじょ》に、なにが災いしているというのだろう。

それに関して、ひとつだけ心あたりがあると、彼女《かのじょ》は話し出した。

彼女《かのじょ》が幼《おさな》いころ、近くに古い神社があった。

秋になるとお祭があるが、そのとき以外、ふだんは禰宜《ねぎ》らしき人物を目にすることもなく、閑散《かんさん》としたお社だったという。

ある日、彼女《かのじょ》は友だち数人とその境内《けいだい》へいき、ゴムとびをして遊んでいた。

しばらくしてそれにあきると、みんなで、人気《ひとけ》のない境内《けいだい》をいろいろ見て回っていた。

すると、ひとりの女の子がすっとんきょうな声を上げた。

「ねえ見て、指輪が置いてある！」

その場へかけつけてみると、木箱の中に、たったひとつだけ、金色の指輪が置かれていたのだという。その木箱には、〝お焚《た》き上げ〟と書かれていた。

「その場所が、なにを意味するものなのか……そのときのわたしには理解できなかった。理解できないだけならまだしも……わたしはその指輪を、持ち帰ってしまったの」

それからというもの、彼女《かのじょ》の家の中でさまざまな怪異《かいい》がたて続けに起き、ついには父親の会社が倒産《とうさん》。そこから、一家は離散《りさん》するかのような状態におちいった上、母親が蒸発《じょうはつ》する事態にまでなったのだという。

「そこでわたしは初めて指輪のことを思い出して、子どもながらに、それがすべてを引き起こしてるのだと確信した。でもね、わたしはそこで重大なまちがいを、犯してしまったの……」

本来であれば、その指輪を、もとあった場所に返せばよかった。

だが彼女《かのじょ》は……。

「近くに流れていたどぶ川に捨《す》てちゃったのよ」

見ず知らずの人間の、因縁《いんねん》因果を拾ってしまった……ということなのだろうか。

夢と現実

数年まえのこと。

わたしは女友だちで、旅行オタクの薫《かおる》といっしょに、那須《なす》高原のある旅館に泊《と》まった。

「内陸だから、魚より山菜がおいしいよ」

という言葉につられ、ついついきてしまった。

こんな所で〝後悔《こうかい》先に立たず〟を、身をもって思い知るとは……。

温泉《おんせん》が大変良質で、つい風呂《ふろ》上がりにビールを五、六本やってしまった。

これが悪かった。

わたしは飲むとねむくなるという〝特技〟を持っていて、それは、いつでも、どこでも、だれといるときでも必ずやってくる。もちろんその晩《ばん》も、例外ではなかった。

「な、なんだ？　ねる気かぁ？」

薫《かおる》が文句をいう。

「だみらぁ……ねぶい……っす」

薫《かおる》は実にひどいやつである。こんなわたしをひとり、部屋に置いて、とっととどこかへ出かけたらしい。

残されたわたしが、部屋を暗くして座布団《ざぶとん》を枕《まくら》にうたたねしていると、いきなり天井《てんじょう》がミィッシィィ……と鳴った。

通常の家鳴りではない、なにか重いものがゆっくりと移動するような、重くいやな音なのだ。

するとまたミィッシィィッ……と鳴る。これが三分おきくらいにやってくる。

「ちょっと、じょうだんじゃないよぉ。こんな状況《じょうきょう》で……」

そうひとりごとをいったときだ。

ガタッ……ガタガタガタッ

今度は北側の天井《てんじょう》の角付近で、ものすごい音がひびいた！

（う、やばいシチュエーションだよぉ！）

そう思ったが、いきなり直視《ちょくし》するのはかなりの抵抗《ていこう》があったので、まず反対側の角に視点《してん》を置き、そこからゆっくり問題の地点へ……。

ところが、ひとつ気になることがあった。

まず先に視点《してん》を合わせた方の角には、ハエ取り紙がぶら下がっている。これは昼間のうちに確認《かくにん》しているので確かだ。

通常この手の除虫剤《じょちゅうざい》は、ひと部屋にいくつも置かないだろう。

しかし、いまわたしが視点《してん》を向けている角の反対側……つまり〝問題の角〟にも、確実になにかがぶら下がっているように見える。

まだ直視《ちょくし》していないが、視界《しかい》のすみに確かにそれはあるのだ。

（だめだ！　見ちゃだめだっ！）

そう思ったときだった。

とつぜん強力な金しばりがおそってきて、わたしはなに者かに、むりやり首を〝見たくない〟方へ向けられてしまった！

そこには……。

天井《てんじょう》の一角から、髪《かみ》をたらし、目から上だけをのぞかせた老女の姿《すがた》があった。

「うわあぁぁぁぁぁぁぁぁぁっ！」


「びっくりしたあぁっ!!」

薫《かおる》が大声をあげている。

「えっ……あれ？」

「あのさぁ、助手席でねてくれるのはかまわないけど、運転している人間をおびやかすような夢は見ないでほしいなっ！」

薫《かおる》にそういわれ、すべてが夢だったことに気づいた。

「ごめん。いや実はさぁ……」

わたしは薫《かおる》に、いま見た夢を話した。

「ふ~ん、なんだかいやな夢だね。ほら、そこの角を曲がった所だよ」

車は竹垣《たけがき》の角を曲がり、旅館のまえに到着《とうちゃく》した。

……夢に出てきた建物だった。

小《シャオ》翠《ツィ》

「わたし……つき……とてもあなた……ても、もう……あえないのしてる……として……わたし　あなた　つきなたかなぁ……」

ねようとして、ベッドに入ると聞こえた。聞き覚えのある細い声だった。

いまから十年近くまえ。
わたしは仲間といっしょに、中国広東省《カントンしょう》内の東莞《トンコワン》という町に小さな会社を興した。
おもちゃやアクセサリーを日本に輸出する商社で、事務兼《けん》雑用として数人の現地女性をやとった。あるころ、そのうちのひとり〝小翠《シャオツィ》〟という女性から、ひんぱんにわたしに電話がかかるようになった。

必死に日本語を勉強しているようで、料金の高い国際電話をかけてきて、難解《なんかい》な〝日本語〟を話していた。

わたしが人並《ひとな》みに中国語がわかれば問題ないのだろうが、彼女《かのじょ》は仕事に便利な単語ばかりを覚えてしまったため、日本語の文法はめちゃくちゃ。だからわたしのいいたいことも、なかなか彼女《かのじょ》には伝わらない。

それでも彼女《かのじょ》は一生懸命《けんめい》わたしに語りかけていた。毎日毎日、難《むずか》しいはずの日本語を使い、必死になってわたしに心を開き続けた。

でも、当時、わたしは子どもが生まれたばかりだったのに付け加え、連日昼夜を問わずかかってくるその電話が、少々うとましくなりかけていたのだ。

携帯《けいたい》が鳴り、ディスプレイに〝番号通知圏外《けんがい》〟の文字。彼女《かのじょ》からの電話だ。

いつしかわたしは、その電話を無視《むし》するようになっていった。

その気持ちは彼女《かのじょ》にも伝わったらしく、五日ほどすると、ぴたりと電話は止んでしまった。

それから一週間ほどたったある日、現地に駐在《ちゅうざい》しているN氏から電話があった。彼女《かのじょ》が退職したという。

なんだかいいしれぬ罪悪感がおそってきて、「住まいはそのままなのか?」と、わたしはN氏にたずねた。

「いえ、なんでも故郷《こきょう》の黒龍江省《こくりゅうこうしょう》へ帰る……と。実家の連絡先《れんらくさき》はわかりますが、お教えしましょうか?」

「うん? いや、いい……」

その後、小規模《しょうきぼ》輸出に規制がかかったこともあり、会社は閉鎖《へいさ》することになった。

それから三年後のある夕方だった。現地のN氏より電話が鳴った。

「彼女《かのじょ》が……小翠《シャオツィ》が亡《な》くなりました」

変異性《へんいせい》のインフルエンザにかかり、たった二日で命を落としたそうだ。

「わたし……つき……とてもあなた……ても、もう……あえないのしてる……として……わたし　あなた　つきなたかなぁ……」

わたしがその声を聞いた翌日《よくじつ》のことだった。
涙《なみだ》が止まらなかった。

土人形

「人形供養《くよう》してくれるような、『人物』を知らないか？」

浅草に住む田所という男が、ある日、とつぜん電話してきて、こんなことをいう。

「おまえが住む浅草には、神社仏閣《ぶっかく》も多いじゃないか」

わたしはそう返した。

「いやいや、それではだめな気がする」

なんだか、えらく興味をそそられるものいいだったので、日を決めて直接事情を聞くことにした。

台東区内にある、一軒《いっけん》の喫茶店《きっさてん》で待ち合わせた。

十分ほどおくれてわたしが到着《とうちゃく》すると、田所はカウンターでコーヒーをすすりながら待っていた。

カウンターでは話しづらいことも多いだろうと、ボックス席に移動するよううながす。

「ひさしぶりに会うのに、なんだかこんなことで面目ないな」

目の下にくまをこしらえた田所が、上目づかいでわたしの目を見る。

田所は、学生時代、ラグビーに精進し、持ちまえのガッツと体格で、攻撃《こうげき》最前列ど真ん中であるフォワードのフッカーという、重責を担《にな》っていた猛者《もさ》。

奇《く》しくも全国大会制覇《せいは》直前で頸椎捻挫《けいついねんざ》を起こし、それ以来、彼《かれ》の勇姿《ゆうし》はフロントローから消え去ってしまう。

大学を卒業してからは家業の団子屋を継《つ》ぐが、直後に店主であった父親が脳溢血《のういっけつ》で他界。

その後は、正式に代替《だいが》わりして経営方針《ほうしん》を改め、いまでは都内に数軒《すうけん》の支店をかまえて、悠々自適《ゆうゆうじてき》な生活を送っている。

しかし、ひさびさに会った田所は、以前の精鋭《せいえい》さを欠いた、単なる〝がたいのいいおやじ〟

と化していた。

「なんだおまえ、すっかりしょぼくれて、それじゃただの団子屋のじいさんじゃねえか！」

「……はは。いや、面目ない」

頭をかきながらそういうと、大きな体を小さくして、しょんぼりと下を向いてしまった。

以前の田所なら、「おまえに、そんなこといわれる筋合《すじあ》いはねえ！」くらい、いい返したはずだった。

そんな田所に、わたしは影《かげ》を見た。いや、あれは単なる〝影《かげ》〟ではない。

……女。

ただならぬものを感じたわたしは、田所がいいづらそうにしている〝本題〟に切りこんだ。

「先日、電話で人形……がなんとかって、いってたな？」

その瞬間《しゅんかん》、田所の体がぴくりと動いたのがわかった。

すると田所は、意を決したように、テーブルの上に、あるものを静かに置いた。

きんちゃく……。

嵯峨野《さがの》風と思われる、実に風情《ふぜい》のあるものだ。

いったんそれをまじまじと見つめた田所は、小さく息を吸《す》うと、それの上をしばっているひもに手をかけた。

「ちょっと待とうか?」

思わず、わたしは声をかけた。

「中には……なにがしかの人形が入ってんだな?」

わたしは一応確認《かくにん》した。

「ああ」

「じゃあそのままでいい」

「そのまま? きんちゃくから出すな……ってことか?」

「そう。実際に見るまえに、いったんおまえの話を聞かせろ」

それを聞いたとたん、ほっとしたように、田所は肩《かた》の力をぬいた。

「お待たせしました」

運ばれてきた熱いコーヒーに、いったん、わたしは口をつけた。なんだかぽっかりと空いてしまったおかしな間を、ふたりのため息がうめていく。

「娘《むすめ》が……拾ってきたんだ」

体格に似つかわしくない小さな声で、田所がぼそりといった。

「うちの子は、○○○寺の境内《けいだい》で遊ぶことが多いんだが、ある日の夕方……」

「お父さん、これ見て」

いつも通り元気に帰ってきた田所の娘《むすめ》は、一体の人形を差し出した。

見るとずいぶん古いものらしく、顔の漆喰《しっくい》なんかが、所々ほろほろとはがれ落ちている。

どこで拾ったのか聞くと、いつもの寺の裏手《うらて》に落ちていたと娘《むすめ》は答えた。

なんでもその人形は〝対《つい》〟になっていたらしく、この他にもう一体、男の子のような人形があったという。

「その男の子の人形は？　と聞くと、『すごくきたならしかったから、横にあった池に捨《す》てた』っていうんだ。それを聞いたとたん、なんだか急に気味が悪くなってな。『もとあった場所に置いてきなさい！』としかったんだが……」

　子どもの好みというものは、大人の理解をこえることがままある。田所がいくらいっても、娘《むすめ》はがんとして首をたてにふらない。

「新しいのを買ってあげるから……とか、おうちでお人形のお母さんやお父さんが待っているかもしれないよ……なんていってみてもどこふく風。ぎゅっとそれをだきしめたまま、いっこうにはなそうとはしないんだ」

　そこで田所は妻と相談して、娘《むすめ》がねたらそっと取り上げて、明日にでも寺へ返しに行くことにした。

　娘《むすめ》がすうすうと寝息《ねいき》を立て出したのを確認《かくにん》した妻が、足音をしのばせて娘《むすめ》の寝室《しんしつ》に行く。

　ところが、なん秒もしないうちに、ふすまのすき間から妻は顔を出し、けげんな面持ちで田所を呼《よ》んだ。

「どうした？　人形は？」

　小さな声で、田所が聞いた。

「どこにもない……」

ふたりで、娘《むすめ》を起こさないように布団《ふとん》をはぎ取り、すみずみまでさがす。しかし人形は、いっこうに見あたらない。

入浴後、ねむそうに目をこすり出した娘《むすめ》を、いつものように妻がねかしつけたが、そのときまでは確実に人形は娘《むすめ》がだいていた。

しかしその後、人形はこつ然とその姿《すがた》をくらましてしまう。

それからが大変だった。

「家中引っかき回してさがしたんだが、いっこうに見つけられない。『こんなことってあるものだろうか』。そういって女房《にょうぼう》の方を向いたら、両手で口をおさえたまま上の方を凝視《ぎょうし》している。

まさに恐怖《きょうふ》に引きつった表情ってのかな……。おれはそれにおどろいて『どうしたっ!』ってさけんだんだ。そのとたん女房《にょうぼう》が『ギャ～ッ!』とさけび声を上げた」

人形が見つかった瞬間《しゅんかん》だった。

なんと娘《むすめ》がだいてねたはずのそれは、神だなに上がっていたという。

「とてもではないが、子どもの手が届《とど》くような高さではないんだ。いや、それどころか、おれでさえも、背《せ》のびをしなければならないほどだ。もちろんそばには、台になるようなものはないし、そうなると……」

そういって田所は下くちびるをかみしめた。

「そりゃ確かにただごとじゃないな。……そのまえにちょっと聞かせてくれ」

「ああ。なんでも聞いてくれてかまわない」

わたしは田所の表情を確認《かくにん》しながら聞いた。

「根本的なことを聞くんだがな。その『気味の悪い人形』が、なんで、いまだにここにあるんだ？　ふつう話の流れからたどれば、その直後にあった場所へ返す……ってのが、筋《すじ》じゃないのか？」

「……帰ってくるんだ」

田所はつぶやくようにいった。

「だれがだよ？」

「この人形だ！　なんど持っていっても、次の日にはうちの神だなの上に帰ってくるんだ！」

そういうと田所は、やにわにきんちゃくのひもを解きだした。

大きく開かれたきんちゃくの口を両手でおさえたまま、ゆっくりとテーブルに降《お》ろしていく。

少しずつ頭が見え始め、次第に顔が、目が……その瞬間《しゅんかん》だった。


チリリ～ン……キヨマルハ　イズコジャ……


土でできた〝ひな人形〟から、甲高《かんだか》い女の声……そして同時にリンの音が聞こえた。

これはこのままではとうていおさまらない！　そう直感したわたしは、田所にいま現在の娘《むすめ》の所在をたずねた。

「この時間は、まだ幼稚園《ようちえん》だが……」

すぐに早引けして帰ってこさせるよう田所をうながし、わたしたちと、とちゅうの公園で落ち合うことにした。

田所の妻と娘《むすめ》とともに、人形を拾ったという寺へ向かう。

寺の裏《うら》へ回り、娘《むすめ》の話を聞きながら、人形が置いてあったと思われる場所を特定すると、なんとそこには小さな塚《つか》が盛《も》られている。

わたしは、なるべくこわがらせないように、田所の娘《むすめ》に聞いた。

「とにかく、子どもが池に投げ捨《す》てたという対の人形が、すべての原因だと思う……。ねえ、おねえちゃん、きたないお人形を捨《す》てたのは、池のどのあたりかな？　覚えてるかい？」

そう聞くと娘《むすめ》は、首を大きく縦《たて》にふり、「こっち！」というなり走り出した。

「あのね、ここから投げちゃったの。だからお人形さん泣いてるの。ず〜っとず〜っと泣いてるの……。ごめんなさい、ごめんなさい……うぅぇぇぇ〜ん……」

池のはしを指さしながら、そういって田所の娘《むすめ》は泣き出してしまった。

やはりわたしの思った通りだ。彼女《かのじょ》自身にも、人形は感情移入しだしているのだ。

前日の雨で、いくぶん周囲はぬかるんでいたが、いまはそれどころではない。

みんなで手分けしてさがしていると、田所の妻がさけぶようにいった。

「あったあった！　ほら、あれじゃない!?」

彼女《かのじょ》が指さす先を見ると、岸から二メートルほどのあたりの浅瀬《あさせ》に、半分どろにうもれたようすでしずんでいる〝ヒトガタ〟を確認《かくにん》できた。

それを拾い上げようと、ざぶざぶと水に入っていく田所を、わたしは制止した。

「田所、ここはひとつ、おねえちゃんに拾ってもらおう」

「し、しかし……」

「おまえ、後始末……って言葉、知ってるか？」

「ああ……そうだな。わかった」

そういうと田所は、幼《おさな》い娘《むすめ》の顔をじっと見つめ、こういった。

「いいか。いま、あそこでお人形さんが助けを求めてる。どうしたらいいかな？」

すると幼《おさな》い娘《むすめ》は気丈《きじょう》にこう返した。

「加奈《かな》が助ける！　加奈《かな》が投げちゃったお人形さんだから、ちゃんと加奈《かな》が助けるよ！」

そういうと園服と帽子《ぼうし》をぬぎ捨《す》て、ちゅうちょすることなく、水の中へ入っていった。そのようすを、田所の妻が口をおさえ、涙《なみだ》を流しながら見守っている。

人形の所まで到達《とうたつ》した娘《むすめ》は、両手でそれをすくい上げ、どろの付いた部分を池の水で必死に洗《あら》っていた。

それから、このお寺の住職を訪《たず》ね、事情を伝えた上で両方の人形に、無事にお帰りいただくことができた。


それから四日ほどたち、田所から電話がかかってきた。

「しかし不思議なことってのは、本当にあるもんだな」

田所がつぶやいた。

「ああ、人形には昔から魂《たましい》が……」

「いやいや、そうじゃないんだ」

「またなんかあったのか!?」

わたしは、どきどきしながらたずねた。

「娘《むすめ》の右手の甲《こう》に、あずき色の大きなあざがあったの……気づいてたか?」

「あ……ああ、気づいてはいたが」

「実はあれは生まれつきのもので、もう少し大人になったら病院で取ってもらおうと思ってたんだがな……」

「ああ、いまはレーザーなんかで、それほど難《むずか》しくなく取れる……」

わたしの言葉にかぶせるように田所がいう。

「ないんだよ」

「ない？　なにが？」

「あのあとすぐに、あざの色がうすくなり始め、今朝見たら、まったくなくなってたんだ」

それがあの人形のもたらした〝功徳《くどく》〟なのかどうかは、いまもって定かではない。

接近遭遇《そうぐう》

心霊《しんれい》・怪奇《かいき》・怪談《かいだん》・妖怪《ようかい》……。

そうではない、いままでに一度も書いたことのない話をしよう。

いまから二十数年まえにさかのぼる。

当時のわたしは、自分で買ったトラックを使って、日本中をかけめぐっていた。

全国の市場をまたにかけ、家に帰るのは二か月にいっぺんだけ……。いまとちがって、そんな働き方が、あたりまえな時代だった。

ある日のこと。

大阪《おおさか》の市場から金目鯛《きんめだい》を満載《まんさい》し、札幌《さっぽろ》の市場へ持ちこむ緊急《きんきゅう》便の依頼《いらい》がまいこんだ。

北海道への荷を探《さが》していたわたしにとっては好都合だったが、到着《とうちゃく》させなければならない時間から逆算すると、かなりタイトな運行状況《じょうきょう》になるのはまちがいなかった。

とちゅうのドラッグストアで、ねむ気覚ましのドリンクを山ほど買いこみ、一睡《いっすい》もしないで、名神高速道路から東名高速道路、東京に入って首都高速道路、そして東北自動車道を通り、青森港から青函《せいかん》フェリーに乗りこむ。

ふらふらになって、フェリーのドライバーズルームにたおれこみ、わずか四時間半の航行時間を睡眠《すいみん》にあてるわけだ。

もし間に合わなければ、金目鯛《きんめだい》六トン分の実費五〇〇〇万円強を弁償《べんしょう》しなければならない。

わたしは必死で走り通し、なんとか朝の上場時間に間に合った。

やっとめぐってきた空き時間で仮眠《かみん》を取ろうと、わたしは場外のトラックヤードへ車両を移動させた。

運転席後部のベッドスペースで、ものの五時間もねたころだった。

「おおーい！　ちょっとちょっとぉ」

ねむい目をこすりながら、カーテンを開けてみると、先ほど、金目鯛《きんめだい》を搬入《はんにゅう》した鮮魚店《せんぎょてん》のおやじが立っている。

「なんだよおやじ、人がせっかくねてるのに……」

わたしはぶっきらぼうにいった。

「悪い悪い！　実はな、たったいま、本州からシラスが着いたんだ」

「シラスだぁ⁇」

「ああ、いまからゆでちまうから、悪いがそれを持って、帯広へ行ってくれないか？」

もうすぐ正午になろうとしていた。この時間から帯広を目指すとなると、もう日も落ちる時間になる。

しかし通常の一・五倍の運賃《うんちん》を出すというおやじの言葉に、まんまと乗せられ、シラスがゆで上がるのを待つ羽目になった。

シラスを帯広まで運んで降《お》ろすと、帰りの荷はすぐに見つかった。東京行きのラベンダーポプリだ。

「ご苦労だが、ここから38号線に行って、南富良野《みなみふらの》の○○農園だ。たのんだよ!」

依頼主《いらいぬし》が強くそういうので、本来、わたしがぬけようと思っていたものとは、少しちがう路線を選択《せんたく》しなければならない。

(よっしゃ! いっちょうかせぐためと思って、ふん張るかぁ!)

わたしはつかれた体にむち打って、数時間後には南富良野《みなみふらの》の農場に到着《とうちゃく》。そこで荷を積みこみ、近くの店でラーメンを食べ、再び東京目指して車を発進させた。

しばらく走ったあたりで車内にある時計を見ると、もう少しで二十三時を指すところだった。

「さびしいとこだねえ……。街灯もかんばんもねえ……」

そんなことをつぶやきながら、タバコをくわえて火をつけた。

車に備え付けのカセットデッキからお気に入りの曲が流れ、車のボディーにはこれ以上付けようがないほどの、我々《われわれ》がアンドンと呼《よ》ぶかんばん。光のように流れるマーカーランプ。晴れわたった星空にとどろくトラックのマフラーの音……。

心地いい気分でいると、なんのまえぶれもなく、カセットの音が止まった。

「あっれぇ!?　なんだよぉ？」

なんどかカセットテープをぬき差ししてみるが、いっこうに音が出る気配はない。


ズズズズズッ！　ガガーッピ――――――――――――ガガガガガガッ!!


すると今度は、だれとも交信していないはずの無線がさわぎ出した。

そのあまりに不快なノイズがたまらなくなり、わたしが主電源《しゅでんげん》を落としたそのときだ。

「なっ、なんだ!!」

まるで上空から、強烈《きょうれつ》なスポットライトをあてられたかのような、真っ白い光に包まれた。

「う、うわわっ!!　ハンドルがっ!!」

車が、まるで数十センチほど宙《ちゅう》にういているような感覚がして、ハンドルが思うように切れない。動かないのではなく、まるでジャッキで、車を持ち上げられているのではないかと思えるほど軽過ぎるのだ。

（な、なにが上にいるんだ!?）

そう思って窓《まど》からのぞくが、水銀灯をまともに直視《ちょくし》しているような明るさで、実体がつかめない。

おまけに、車全体が鳴動するかのような〝ブゥウウウウウン〟という低周波が、頭の中に直接伝わってくる。

アア――――エィィィ……アア――――エィィィ……

〝ブゥウウウウン〟に混じって、まるでボイスチェンジャーを通したような、声とも音ともつかない、なにかがひびいてくる。

アア――――エィィィ……アア――――エィィィ……

こんなニュアンスのものがずうっとループで、頭の中に直接伝わってくるような感覚なのだ。なん秒、なん分ほど、そんな感覚が続いていたのか、そんな記憶《きおく》すらまったくない。

ズシッ！　ドドンッ！

ふいに車が数回上下にはねたような感覚があり、まるでねむりから覚めたときのように、うつろな景色が目に飛びこんできた。

瞬間的《しゅんかんてき》に〝はっ！〟と我《われ》に返って周囲を見わたす。

先ほどまで周囲を包んでいた白い光は、すでにどこにも見あたらない。

いや、それぱかりではなかった。

エンジンは止まり電飾《でんしょく》も消え、トラックは真っ暗なゆるい下り坂を、人が歩くようなスピードで、のそのそと下っているのだ。

プシッ！　シュウゥゥッ！

わたしはあわててブレーキをふんでその場に停車し、サイドブレーキを引いてハンドルから手をはなした。

なにがなんだか、わからなかった。

とにかくわたしは外の空気を吸《す》おうと、ドアを開け、おそるおそるステップをふみしめて、〝地上〟へ降《お》り立った。

見上げると満天の星。周りにはチリチリと虫の声が聞こえている。

（なんだったんだ……。上に……なにがいたんだ。あの光は……？）

なにひとつ、まったくわからなかったが、いつまでもこうしてはいられない。

わたしはふたたび車に乗りこみ、キーを回した。ごくごくあたりまえにエンジンが始動する。

なに気なく時計に視線《しせん》を移すと、〈22：57〉の表示が……。

そう。先ほど時計を見たときから、一、二分しか経過していなかったのだ。

「と、とにかくフェリーターミナルへ向かわなくては！」

そう自分を奮《ふる》い立たせ、サイドブレーキのレバーをもどそうと、ぐっと力をこめたときだった。

「いてっ!!」

首のうしろ……ぼんのくぼのあたりに、いきなり〝ちくっ〟と痛《いた》みが走った。

あわてて首のうしろをまさぐるが、なんの傷《きず》もないようだった。

それからは、なにごともなく、無事に目的地へと到着《とうちゃく》した。


一週間後。

その日は朝から、初物のくだものを積みに築地《つきじ》市場の事務所へきていた。

わたしの車一台ではとうてい積みきれないため、仲間を数人さそって、のんびりと作業をしていた。

自分の車が積み終わると、今度は仲間の車の積みこみを手伝い、それが終わるとまた次の車……そうやってみんなが協力し合い、わずか二時間ほどで六台すべての積みこみが完了《かんりょう》した。

事務所で伝票を受け取り、目的地である岩手へ向かって走り出す。

午後一時を少し回ったころ、ある高速道路のパーキングエリアへ着いた。

「いやぁ、腹《はら》へったぁ！　まだ大分時間に余裕《よゆう》があるから、とにかく飯食いに行こうよ」

車にかぎをかけ、六人で併設《へいせつ》のレストランへと向かう。

それぞれ好きなものを注文し、しばらく出されたお茶を飲みながら話をしていた。

「ん?」

ふと横を向いたとき、わたしは、後頭部の下の方に、なにやらおかしな違和感《いわかん》を覚えて動きを止めた。

手でさわってみるが、これといった異状《いじょう》はない。

「ちょっと悪いんだけどさ、ここ……ほら、このあたりに……なんかない?」

わたしは、そういってうしろを向き、となりに座《すわ》っていた比嘉《ひが》という男に、生え際《ぎわ》のあたりを見せて聞いた。

「なんかって……別に、なにも……あれ?」

比嘉《ひが》の声がとつぜん、真剣《しんけん》なトーンに変わる。

「な、なに?　なんかあるのか?」

わたしは不安になって比嘉《ひが》に聞いた。

「なんだこれ⁇」

比嘉《ひが》がいうのを聞いた他の連中も、こぞってわたしの後頭部をのぞきこむ。

「おお!　なんかな、なんかこう……変なのがうまってるぞ!」

別の仲間がそっとさわりながらいった。

「うまってる？」

わたしはわけがわからず、少し怒気《どき》をふくんだ声で返した。

「うわっ、なにそれ!?　なにかさしたの？　ってか、さされたのか？」

みんなが不思議そうに見るが、わたしにそんな覚えはまったくなかった。

「でも確かになんかありますよ。ほらこれ……わかるでしょ？」

比嘉《ひが》がそういいながら、うまっているという〝それ〟を指でおす。

「いたっ!!　よせ！　痛《いた》い！　すごく！」

おされるたびに、わたしの首にちくちくと痛《いた》みが走る。

「でもおかしくねえ……傷《きず》がどこにも……な……」

「こりゃあきらかに変だぞ！」

みんなの言葉に、わたしの不安がどんどんふくらんでいく。

「おれには見えねえだろ！　いったいどんなのがうまってるんだ!?」

いらついたわたしの問いに、比嘉《ひが》が答えた。

「そう……ですね、あえていうと、シャーペンの先っちょ？　……を、小さくした感じですね」

「おうおう、確かにそんな感じだぞ。これはあきらかに……金属だもんな」

みんなが同意するのを聞き、以前なにかで読んだ、あることがわたしの頭をよぎった。


〝インプラント〟


ある人物がＵＦＯに接近遭遇《そうぐう》し、機内へ連れこまれる。その後、もといた場所にもどされるのだが、体内のある場所に金属片《きんぞくへん》と思しき物体をうめこまれた、確かこんな内容だったと思う。

「あはあはあは！　……まぁ、そのうち、びょっ、病院でも行ってみるさ」

あの日、深夜に経験した〝スポットライトの話〟は口がさけてもいえない……。なぜだかこのときは、そんな思いがわたしの中に強く根付いていて、お茶をにごした。

引きつった苦しい笑いを見せるわたしを、他の五人は目を点にして、不思議そうに見ていた。

ほどなくして出てきたどんぶりをかっこみ、わたしは、なにごともなかったかのように、再び岩手に向けてトラックを飛ばした。

その日以来、ぼんのくぼのあたりを他人に見せることを、かたくなにこばんでいたわたしだったが、このままではしょうがないことに気づき始めていた。

数日後、わたしは比嘉《ひが》を無線で呼《よ》んだ。

待ち合わせした店で、昼飯を平らげたあと、比嘉《ひが》に持ちかけてみる。

「あのな、ほら、こ、この間の……」

「おお、シャーペンですね！　どうなりました？　まったくおもしろいこと、この上ない！」

くったくない笑顔《えがお》でいう比嘉《ひが》に、わたしはいった。

「デリカシーって言葉、知ってるか？」

「そんなもなぁ、持ち合わせてません！　いいから見せて！　なっ……ん？」

比嘉《ひが》がわたしの首のうしろを、なんどもさわって確かめる。

〝シャーペンの先っちょ〟は、なくなっていた。影《かげ》も形も。

あれがなんだったのかは、いまもってわからない。

深夜の訪問者《ほうもんしゃ》

ねていた。その日のわたしはひどくつかれていた。
すると玄関《げんかん》でチャイムが鳴った。

ピン……ポーン

変な鳴り方だった。

ピン…………ポーン

めんどうくさいので、無視《むし》していた。すると今度は声がした。

どぉなぁたかぁ……いまぁせんかぁ

中年の男の声。ひどく気味が悪かった。なので布団《ふとん》を頭からかぶった。

どぉなぁたぁかぁぁぁぁ……いぃまぁせんかぁぁぁぁ

心臓《しんぞう》が早鐘《はやがね》を打った。

いいぃぃまあぁぁあせえぇぇえんかあぁぁぁぁぁぁ

なんでだ？　なんで？　なんでこんな近くから……。

ほぉらあ！　こぉこぉにぃ……いた　いたあっ!!

部屋の中から声がした。

……気がつくと朝だった。

吹雪《ふぶき》の中で

雄冬峠《おふゆとうげ》。

北海道の西側に位置し、石狩《いしかり》から留萌《るもい》方面へと連絡《れんらく》する海岸沿《ぞ》いの道だ。

とちゅうには数々の景勝地もあり、昼間ともなれば遠方より訪《おとず》れたライダーや、その他の観光客の姿《すがた》を目にする。……が、それは夏場の話。

それが一転、冬ともなれば交通量は激減《げきげん》し、観光客はおろか、人っ子ひとり見ることはできない。

これはそんな時期に体験した、いまわしくおそろしい話だ。

話は、いまから三十年ほどまえにさかのぼる。

この当時は、パーソナル無線が大流行していた。

ある日のこと、友人数人と連れ立って、冬の雄冬岬《おふゆみさき》を見に行こうということになった。

車二台に分乗し、地元を出たのが夜の十時。

とちゅうのコンビニに立ち寄り、まだすんでいない夕飯代わりにと、お茶とおにぎりを買いこんだ。

車は一路、石狩《いしかり》方面へ。花畔《ばんなぐろ》・石狩《いしかり》・望来《もうらい》をぬけ、キャリアと呼《よ》ばれる無線のマイクを手に、くだらない話に花を咲《さ》かせていた。

国道231号線は、厚田浜《あつたはま》をぬけたあたりから、オロロンラインという名称《めいしょう》が付けられ、ここからしばらくは、長短のトンネルを出たり入ったりの行程になる。

そのまま少し走ったあたりで、今度はいったん、山側へと道は蛇行《だこう》し、しばらく海風とはお別れ。浜益《はまます》の手まえから、再び海岸線に到達《とうたつ》する。

ちょっとした町並《まちな》みをぬけ切ると長めのトンネルがあり、そのあたりからが雄冬峠《おふゆとうげ》となる。

しばらく行ったあたりで、後続車に乗っている那珂《なか》から「トイレ行きたいから、どこかで停《と》まってくれ」という無線が入った。

それから少し行った所に、車数台が停《と》められそうなスペースを発見して、ひと息つく。

「おほ～もれそうもれそう！　助かったぁ」

那珂《なか》の他、数人が駐車《ちゅうしゃ》スペースのわきの方へとかけ足でいく。

「早くしないとこおっちゃうぞ！」

そんなじょうだんをいいながら、ふと、わたしは気づいた。

自分たちのはるか前方に、もう一台、車が停車している。


深夜の吹雪《ふぶき》はおそろしい。

ヘッドライトが照らし出すのは、真横になぐりつけてくる雪……雪……雪。

上下左右の感覚をなくさせ、すべてのものの境界線を消し去っていく。これが通称《つうしょう》ホワイトアウトと呼《よ》ばれる現象だ。

その白く照らし出された〝かべ〟に目をこらし、わたしは、先にある赤くにぶく光るものに神経を集中させた。

全員が用を足し、車に乗りこんでくる。

うしろの車にも全員がもどったらしく、無線から聞こえる声がそれを知らせていた。

(あんな所に車はいなかったはず……)

そんなことを考えるが、この天候ではそれを確認《かくにん》することすら難《むずか》しい。


対向車や後続車がきていないことを確認《かくにん》し、我々《われわれ》は再び国道へ出た。

そのとき、前方に停《と》まっていた車に目をやった。

「ああっ!!」

全員が声をそろえてさけんだ。

前部はぐちゃぐちゃにつぶれ、わずかに点灯したままのヘッドライトは、あらぬ方向をさしている。相対する車が周囲に見あたらないところを見ると、自損事故と思われた。

いったんは国道に出たが、やはりその状況《じょうきょう》を放っておけず、その場にハザードランプを点けて停《と》めると、全員で事故車にかけ寄った。

ところが、そこには、運転手もだれの姿《すがた》もなかった。

「ふっるい車だな……」

思わずわたしはつぶやいた。

「おう、こりゃ……昭和四十年代前半のだな」

篠塚《しのづか》が答える。

その当時でさえも、めったに見ることのなくなっていた車だったが、それは、どう見てもマニアが持っているようなものではなく、ごくごくふつうに日常使用されている……そんな感じの車だった。

「とにかくさ、このままこの吹雪《ふぶき》の中でうろつくこともねえだろ。もう行こうぜ！」

わたしはみんなをうながし、車にもどった。

おそらく運転手は通りかかった車に乗せてもらったか、もう一台、同行車がいたかで、事故の報告をしに現場をはなれたのだろう。

それから十五分も走っただろうか。我々《われわれ》はおそろしく長いトンネルに突入《とつにゅう》した。

ガラガラガラガラガラガラガラッ……


トンネルに入ったとたん、妙《みょう》な音が聞こえてきた。あえて形容するなら、金属の部品を引きずりながら走っている……そんな感じ。

と、そのときだった！


ガオオオオオアアアアアアッ!!


その音におどろいて横を向くと、なんといままでうしろに付いていたはずの那珂《なか》の車が、ものすごい勢いで追いぬきをかけてきた。

「あぶねえぞおい！　トンネル内だぞ！」

対向車線からわたしの車を追いぬいていく那珂《なか》の車の、大きなテールランプを見ながらわたしはさけび、同時におりついた！

追いぬいていく車が、二台いる。

「なっ！　なんだあれっ！」

ガラガラガラガラガラガラガラッ!!


先ほど立ち寄った駐車《ちゅうしゃ》スペースに停《と》まっていた事故車……。

あのつぶれた車が、いままさにうしろから追突《ついとつ》せんばかりに、当時新進気鋭《きえい》だった那珂《なか》の車にぴったりと張り付いている。

わたしはそれを見て、即座《そくざ》に無線のキャリアを取った。

「那珂《なか》っ！　那珂《なか》聞こえるかっ!!　左ぃ寄れっ！　車線もどせっ!!」

「うわあああああああああああっ！　なんとかっ！　なんとかしてくれええええええええええええっ！」

那珂《なか》がパニックになっている声が無線からひびく。

「落ち着け！　落ち着けっ！　とにかく……」

わたしは、そういいかけて息をのんだ。

うしろから追従《ついじゅう》する事故車が、とつぜん急激《きゅうげき》な加速を見せ始め、一気にまえを走る那珂《なか》の車の後部目がけてつっこんでいく……いや、そうではない。

事故車はそのままハンドルを切ることなく加速し、まえを走る那珂《なか》の車を通りぬけていったのだ！

その瞬間《しゅんかん》、那珂《なか》はフルブレーキを発動させ、同時に急激《きゅうげき》なスピンを起こした。

わたしの車が、そのまま眼前にせまる那珂《なか》の車につきささったことはいうまでもない。

買ったばかりのわたしの車に、那珂《なか》の車、合わせて一〇〇〇万円をこえる二台が大破した。

しかし、それほどの事故であるにもかかわらず、だれひとりとしてけががなかったことが不幸中の幸いであった。

「実は、あいつがおれの車にかぶさってきたことは、すぐにわかったんだ。ちょうど運転席がおれの上にきたところで、あいつの心が伝わってきた……」

後日、わたしに那珂《なか》はこういった。

「心が……か」

那珂《なか》が続けた。

「ちくしょう！　ちくしょう！　ちくしょう！　……そうさけびながら大声で泣いてたよ」

樹海《じゅかい》で拾ったもの

数年まえまで、わたしはサバイバルゲームにこっていた。

サバイバルゲームは、迷彩服《めいさいふく》を着たメンバーが敵味方に分かれ、玩具銃《がんぐじゅう》であるエアガンをうちあうゲームのこと。大人の〝戦争ごっこ〟のようなものだ。

ところが、マナーやルールを守らない一部の人間が、世間をさわがせたせいで、関連ショップは次々と閉鎖《へいさ》され、わたしもいまは休止状態になってしまった。


当時は、メンバーが六十名ほどいた。それぞれに仕事を持った社会人で、ふだんは近所の迷《めい》惑《わく》にならない雑木林などで、夜な夜な銃撃戦《じゅうげきせん》をくり広げては楽しんでいた。

そんなある日のこと、メンバーのひとりがこんなことをいい出した。

「そろそろ、ここもあきてきましたね。今度どこか本当の山おくでやってみませんか？」

それに別のメンバーが提案した。

「いや、なにも山でなくても、こうもっと広い……富士の青木ヶ原樹海《あおきがはらじゅかい》なんかどうかね？」

その言葉を聞いて、みんながわたしを凝視《ぎょうし》する。

「う～ん……樹海《じゅかい》かぁ。あそこはまじで、おそろしい所なんだぞ」

樹海《じゅかい》でなんどかおそろしい目にあっているわたしは、乗り気がしなかった。

「いいじゃないすか！　みんなで行きましょうよ！」

結局、みんなにおし切られ、行くことになってしまった。


当日集まってみると、参加を表明した他のチームもいて、なんと総勢百二十名という大行軍になっていた。

それぞれが車に乗りこみ、一路、富士ヶ嶺《ふじがね》方面に向けて出発。

高速道路を下り、全員、迷彩服《めいさいふく》のままコンビニで食料を調達。胸《むね》から銃《じゅう》の装備《そうび》を下げているようなのもいて、防犯カメラに残った画像はとんでもなく異様《いよう》だったにちがいない。

樹海《じゅかい》に着くと、すでに日はかげり始めており、雰囲気《ふんいき》は最高潮《さいこうちょう》に盛《も》り上がっている。

わたしの号令でそれぞれのグループ編制を行い、ひとかたまり十名程度に分けた。まずは全員で固まって森へ入り、目印の黄色いＬＥＤを付けたフラッグを中心に七方向へと散っていく。

おおよその距離《きょり》を測りながら、フラッグより二キロほどはなれた所でいったん留まり、各グループのリーダーが無線で連絡《れんらく》を取る。そして、タイミングを見計らって、いっせいにフラッグ目指して歩き出した。

とちゅうで敵を見つけたら銃撃《じゅうげき》し、弾《たま》があたった者は〝戦死〟となり、戦線を離脱《りだつ》する。戦線離脱《りだつ》した者は、まちがって狙撃《そげき》されないように、首から赤いＬＥＤマーカーを下げることになっている。

わたしの隊は、フラッグから東側に向かうコースだった。

ゲーム開始から数時間が経過し、二巡目《にじゅん》に入ったころ、フラッグから一キロほど進んだあたりで、西に行ったはずのＨからわたしに無線が入った。

「なんだか、ずいぶんやられちゃったぞ」

「もうかよ！　早くねえか？」

「そうなんだけど、うしろの方のやつらがマーカーを……あれ？」

Hからの無線が途切《とぎ》れた。

「どうした？　おいおい、返事せえよ！」

わたしはなんども問いかけたが、それ以降《いこう》Hからの入電はとだえてしまった。

わたしは、Hの隊のすぐそばにいるはずのKに無線を入れた。

「もしかしておまえら、Hの隊、撃《う》っちゃってねえか？」

「そんなことはありません！　それどころか、まだどの隊とも出くわしてませんが……」

Kからの無線をさえぎるように、Hのさけび声が聞こえた。

「お――――いっ！　ちょ、ちょっと、止め止め止め！」

わたしはあわてて全員に無線を入れた。

「いったん中止！　中央のフラッグへ！」

わたしの無線を聞いて、闇《やみ》に身をひそめていたメンバーが、周囲から顔をのぞかせる。

「なんだ？　いったいどうした？」

わたしはHにいった。

見ると、Hの隊全員が息を切らしてへたりこんでいる。

そのようすを見て、わたしは、なにやら尋常《じんじょう》でないものを感じ取ったが、その場で〝ことの詳細《しょうさい》〟を聞く気になれなかった。いや、聞いてはいけない気がしていた。

「まぁまぁ落ち着け。なにか……野生の動物にでも出くわしたか？」

わたしは、あえて静かな口調でHに聞いた。

「そうじゃない。さっきおれ、うしろの方のやつらがマーカーを……っていったろ？」

「おう、やられちゃったっていってたよな？」

「実はあれ……マーカーじゃなかったんだ」

Hが息もたえだえにいった。

「……どういうことよ？」

「あの無線のあと、おれもおかしいと思って、よくよく目をこらしてみたら、ゆらゆらとふるえながら近づいてくる火の玉……」

Hの言葉に、Sがとつぜん口をはさんだ。

「動物の目ってのは、ちょっとの光源《こうげん》があれば、すごく光るんだぞ」

「動物!? じょっ、じょうだんじゃない! お、お、おれはもういやだ! こんなとこにはいられない!」

最後はさけぶようにHがいう。なんだかようすも表情もおかしい。目がうつろで、声もいつものHのものではない。

「だめだったんだ。あんなにあんなに必死にやったのに! ぜんぜんだめだった……だめ……だったんだ」

そういうなりHは地面につっぷして、おいおいと泣き出した。

その場にいた全員がこおりつく。

Hはこう続けた。

「ぜんぜん楽になんかならないよ。家に……帰りたいよぉ。子どもに……ダイスケに会いたいよぉぉぉ……カナに会いたいよおおぉぉぉ」

憑依《ひょうい》……。わたしの中にも、なにかがわき立つのを感じた。

「ごめんよ……勝手にこんな……ほんとにごめんよ。お父さんはここに……こんな所に……うわあああああぁぁぁぁぁ……」

Hの言葉になぜだか涙《なみだ》がとまらない。その場にいた全員から、すすり泣く声がもれていた。

なにかに失望し、たったひとりでここへきた男がいた。かわいい女房《にょうぼう》と子どもを残し、男は自ら命を絶ったのだろう。

しかしそこに待っていたものは、なにひとつ解決なんかしないという〝現世以上の現実〟。男はいまHの体を借りて、我々《われわれ》にそう語りかけているのだった。

少しすると、Hは一瞬《いっしゅん》すっとねむりに落ちるような感じになり、その後、我《われ》に返った。

しかし、なにがあったか、自分がなにをいったかは、まったく覚えていなかった。

「うしろから、赤い光がせまってきたところまでは覚えてるんだが……」

「もういいもういい。とにかくいったんみんなで車の所にもどろうや」

わたしはHをうながした。

もちろんその日は、それでゲームは中止して、みんなそれぞれの地元へ向けて帰っていった。

Hはその後、霊障《れいしょう》の類いはなく、いまも元気に幸せに暮《く》らしている。

あの日、Hに憑依《ひょうい》した男性……。

彼《かれ》はその後、家族の所へ帰ることができたのだろうか。

わたしはそのことがずっと気になっていた。

つい先日、Hに会った折に、思い切ってそのことを切り出してみた。

「おお、そんなことあったっけな。でもな、実はあのあと、ちょっとした夢を見たんだ」

「あのあとって？　あの日の〝あのあと〟ってことか？」

「そうそう！　あの日、おまえと居酒屋行ったの覚えてるか？」

わたしはHを落ち着かせるため、家に車を置いたあと、ふたりで飲みにいったのだった。

「おう！　もちろん覚えてるよ」

「そのあと、おまえに家まで送ってもらって、すぐにねたんだわ。それで、うとうとしかけたら金しばりになってな。枕《まくら》もとに、見たこともない男が立ったんだ」

「そんなことがあったんなら、ひとことくらい、いわんかいっ！」

ずっと彼《かれ》を気にしていたわたしは、つっこまずにはいられなかった。

「まあ聞け！　それでな、そいつがぺこぺこ頭下げながらこういうのよ」

わたしは思わず息をのんだ。

「ごめんなさい！　ほんっとにごめんなさい！　ぼくの家、すぐそばなんです。おかげで帰ってこられました。帰ってこられました！　……ってよ」

「まじか!?」

「おう、でもそこからがすごいのよ！　そいつ、家までおれを案内するんだ。もちろんそのときは現実とは思えなかったんだが、道筋《みちすじ》ははっきり覚えててな。次の日、実際に歩いていってみたさ」

「そっ、そっ、それで??」

「しっかりあったよ……。まぁ、だからって、いきなり呼《よ》び鈴《りん》おすわけにもいかないだろ？どうしたもんかなぁって、少しの間、家のまえでたたずんでたんだ。

そしたらふいに玄関《げんかん》があいて、四十歳《さい》まえくらいのおくさんが出てきた。おれと目が合っちゃったとたん、けげんな顔して『なにか御用《ごよう》ですか？』っていうのよ」

「そりゃいうだろうな」

Hが続ける。

「自分の名前を名乗った上で、思い切って切り出してみたんだ」

「おたくのだんなさん、樹海《じゅかい》で拾いましたよってか？」

わたしは思わずいってしまった。

「ばかっ！　そうじゃなくてよ、ひさしぶりに訪《たず》ねてきた旧友って感じで、『だんなさんおいでですか？』ってよ。そしたらな。『うちの主人は、二年まえに亡《な》くなりました』っていわれたわ」

「……そうか」

「それ聞いたとたん、なんともやりきれない気持ちになってな。『線香《せんこう》あげていってくださいな』っていうのを、ふり切って帰ってきた」

「うん……そうか」

わたしは自分がHの立場でも、きっとそうするだろうと思った。

「おくさんの名前は加奈子《かなこ》、その下には大輔《だいすけ》ってほられた表札がかかってた……」

忘《わす》れかけていたあの日のことがよみがえった。

子どもに……おくさんに会いたいと泣きさけぶ男を、わたしたちは確かに見たのだ。

〈死んで花実がさくものか！〉

あの日、樹海《じゅかい》から出たところに、こう書かれ、半分くちかけたかんばんが立っていたのを、わたしは生涯忘《しょうがいわす》れはしない。

小虫の願い

夢というのは、実に不可解なものだ。

起きたときには鮮明《せんめい》に覚えていたことも、ちょっと時間がたつと忘《わす》れてしまう。

(今回の内容はものすごいぞ！　よし、絶対に忘《わす》れないようにして、日記に書く)

そして夕方、夢の内容は、すっかりふっ飛んでいる……なんてことは日常茶飯事《さはんじ》だ。

ところが、ある晩《ばん》に見た内容を、いつまでたっても、はっきりと覚えている！　なんてことも少なくはない。

この話もそうなのだが、それはその夢につながる、ある種の〝確証〟を得たからなのかもしれない。

なんのためかはわからないが、わたしは自宅の庭に立っている。目のまえには、記念樹《きねんじゅ》のひとつでもあるレモンの木。

その一葉に視線《しせん》をやると、小さくうごめくなにかが見えた。

アゲハの幼虫《ようちゅう》。

かがんで顔を近づけると、ひょいと半身を立ち上がらせ、対に並《なら》んだ小さな小さな脚《あし》を必死に動かしている。

「あはは、なんだおまえ？　なんかいいたそうだな」

わたしがそう声にしたとたん、頭の中心に密《ひそ》かななにかが届《とど》いた。

「……お願い……お願い」

と、ここで目が覚めた。


階下へ下り、顔を洗《あら》って冷飯に熱いみそ汁《しる》をかけて食べた。

テレビニュースを見ながら庭に目をやると、そこにはいつも通りの景色があった。

サンダルをつっかけ、そこにあるレモンを見る。

「おまえだったか……」

目をこらして見るとそこには、上糸が切れ、逆さまにぶら下がったさなぎがひとつ。

「この場合は確か……」

すぐに納戸《なんど》へ行って、昔そろえたつり具を引っ張り出す。

そこからいちばん細いテグスを取り出し、うまいこと補修《ほしゅう》成功。

きっと羽化《うか》に支障《ししょう》はないはずだ。

偶然《ぐうぜん》……といえば偶然《ぐうぜん》だけど、〝お願い〟は聞き届《とど》けたぞ。

南方戦《せん》没《ぼつ》者《しゃ》たちとの夜

いまから十数年まえの十一月。

わたしは、友だちであるKとグアムにきていた。

今回は一週間ほどの予定で、それまでになかなか行けなかった場所も、この際見て歩こうと思っていた。

レンタカーを借り、通常の観光コースではない場所へと足をふみ入れる。ここでは、あえて場所は書かないことにする。

ある森をぬけた所に、真っ青に光りかがやく浜《はま》があった。しかも、だれもいない。

周囲は小さめの湾《わん》になっており、白い砂《すな》とどこまでも続く空と海とが、まるで水彩画《すいさいが》のように眼前に広がっていた。

「おい、すごいなここ!」

興奮《こうふん》してわたしはKにいった。

わたしたちはすっかりまい上がり、持参したパラソルのセットを広げ、とちゅうのコンビニで買いこんだコーラの栓《せん》をあけた。

「それにしてもさ……」

Kがぽつりという。

「それにしても、なんでここ、だれもいないんだろうな」

「おまえ、秘境《ひきょう》だよ秘境《ひきょう》！　地元の人しか知らない穴場《あなば》だって！」

わたしもよくは知らないが、そんなふうに答えておいた。

「うん……穴場《あなば》か。そうか、そうだよな！　はは……穴場《あなば》穴場《あなば》！」

それからはKも気にすることなく、ふたりで〝秘境《ひきょう》〟を楽しんでいた。

三時間もたったころだろうか。

「Hey!!」

おどろいてふりむくと、大がらの白人警官《けいかん》が立っている。

警官《けいかん》はどなるようにいった。

「なにやってるって、いわれても……」

Kがブツブツいいながら、警官《けいかん》に泳いでいるんだと答える。

警官《けいかん》はさらに強い口調でいった。

「立ち入り禁止!?　そんなの……」

Kが、どこにそんなことが書いてあるのかと、警官《けいかん》に食い下がると、立てかんばんがあるという。

「立てかんばんだ？　そんなの見てねえよっ！」

わたしの態度に、警官《けいかん》は我々《われわれ》を連行するとまでいいだした。

わたしたちはしかたなく文句をいいながらパラソルを片付《かたづ》け、なんだか釈然《しゃくぜん》としないままホテルへ引き返した。


その晩《ばん》のことだ。

食事をすませたわたしたちは、バーで一ぱいひっかけ、それぞれの部屋にもどった。

しばらくわたしは、ビールびんを手に地元のテレビ放送を見ていたが、なにかのひょうしに急にねむ気がおそってきた。ビールびんを枕《まくら》もとに置き、わたしはそのままねむりについた。
どのくらい時間がたっただろうか。

ザッザッザッザッザッザッザッザッ……

(なんだ？　どこからか大勢の足音が……それも行進している？)
なにごとかと気になってわたしは起き上がり、テラスへ出て階下をのぞいてみるが、ネコの子一匹《いっぴき》見あたらない。気のせいかと思い、ソファーに座《すわ》ってタバコに火をつけたその瞬間《しゅんかん》だった！

ザッザッザッザッザッザッザッザッ

(気のせいなんかじゃない！　確かに足音が……。え!?　部屋の……中？)

ザッザッザッザッザッザッザッザッ……

そう思った瞬間《しゅんかん》、足音はだんだん小さくなり、それはまるで歩兵一個小隊が遠のいていく……そんな感覚だった。

となりの部屋でねているKに、電話をかけようかとも思ったが、時計の針《はり》は夜中の二時を指している。

なんだかすっきりとしないままではあったが、この時間ではどうすることもできない。効き過ぎるクーラーを止め、頭から布団《ふとん》をかぶって、ねむりにつこうと努力した。

なんとなくねむ気がさし出し、うとうととしはじめたときだった。

「いやぁ……よかったよかったぁ。なん十年ぶりだべかね。ところであんた生まれどこさ？ ようけ待ったかいあったわ。なんや知らんけど、今夜はめでとおまんな！ いやいや、本当にめでたい！ 実にめでたい！ 孫も喜んでくれるじゃろ……」

なん人かの男が、それぞれなまりのある方言で、大声で語り合っている。

「うるっせえな!!」

布団《ふとん》をかぶったまま、わたしはひとりでそうさけんでいた。

自分の声におどろいて目を覚ますと、廊下《ろうか》の方がやたらとさわがしい。

布団《ふとん》から顔を出し、声の所在を確認《かくにん》しようと耳をすませる。

あれはいまだに忘《わす》れることができない。


さぁらぁばラバウルよ～まぁたくぅるまぁでぇは～♪


それは以前聞いたことがあった。わたしの祖父がよく口ずさんでいた「ラバウル小唄《こうた》」。

南方の戦地へおもむいた兵隊たちの心情を歌った戦時歌謡《かよう》で、さまざまな歌手が戦地へのはなむけとして歌い上げた名曲だ。

(な、なんだっ!? なんでこんな夜中に……?)


次の日の夕方、わたしたちは帰国の途《と》についた。

昨晩《さくばん》のことをKにも話して聞かせたが、Kの部屋に別段《べつだん》変わったことはなかったという。

ものの三時間半で関西国際空港へ到着《とうちゃく》。早いのはいいことだが、なんだかあまりにもあっけない空の旅に、わたしはいつも、ここで気がぬけたようになってしまう。

関西が地元であるKには空港で別れを告げ、わたしはそのまま関空にほど近いタワーホテルに一泊《いっぱく》の宿を取った。

入浴をすませ、ホテル内のレストランバーで軽く飲むと、つかれがどっと出てきた。

わたしは部屋へもどり、自宅《じたく》に電話をかけようとしたが、部屋の階層《かいそう》が高過ぎるためだろうか、この部屋では携帯《けいたい》がつながらない……というのが当時の常だった。

しかたなく部屋に備え付けの受話器を取り、電話をかける。

「関空に一泊《いっぱく》して帰るから」

用件だけを手短に伝えて終わろうとしたのだが、女房《にょうぼう》のようすがなんだか気にかかった。

「ねぇ……本当にいま、ホテルなの?」

「うそついたって、しかたないでしょ?　どうしてだい?」

「ううん、なんでもない。気をつけて帰ってきてね」

そそくさと電話を切ろうとする女房《にょうぼう》に、あわてていった。

「なんだよ？　気になるじゃんか」

「じゃあいうけど……さっき、なんかあなたのうしろで、変な歌が聞こえたのよ」

「うたぁ？」

「そう、歌。なんていったっけ？　すごく古い歌でさ、よくほら！　テレビの『昭和の歌謡《かよう》史《し》』みたいな番組でかかるような……ん～ん～ラァバウゥルよ～みたいな……」

「！！！！」

わたしはすぐに、家に着いたばかりのKを呼《よ》びよせた。

Kにしこたま酒を飲ませ、〝車で帰れない〟ようにした上で、いっしょに部屋に泊《と》まってもらった。あたりまえだ。当然だ。


翌日《よくじつ》。

家に帰ったわたしは、荷物を置くなりその足で、東京の九段下《くだんした》にある靖国《やすくに》神社へおまいりにいった。靖国《やすくに》神社は明治維新《いしん》以後の、国を守るために戦死した人たちの霊《れい》を祀《まつ》る神社である。

大鳥居をくぐり、参道をまっすぐに進んで、見慣れた門をいままさにくぐろうとしたときだった！

ポポンッ!!　ポポポポポンッ!!

背後《はいご》から、まるで風船がいっせいに破裂《はれつ》するような炸裂音《さくれつおん》がひびいた。

おどろいてうしろをふりむくが、そこにはいつもと同じ景色が広がっていて、たくさんの参《さん》拝者《ぱいしゃ》の中に、いまの音を聞いたと思われるような人は見あたらない。

そしてその後は、なにごともなく今日にいたっている。

同じ日本人として、家族から遠くはなれ、いまも砂《すな》にうもれたままであるとしたら……。

日本がたった数十年で、みんなが思い描《えが》いた〝日本〟ではなくなった……それを目《ま》のあたりにしたら……。

いつしか、だれの口の端《は》にも上らなくなった太平洋戦争。

もしあの日、ほんの数人でも、わたしが連れて帰ってこられたのだとしたら……そんなことが、ふと頭をよぎった。

一九四四年　グアムの戦い
日本軍兵力
陸軍部隊合計　兵員１３、０１３名
海軍部隊合計　兵員７、９９５名
他　設営隊・防空隊・工作隊・気象班《きしょうはん》他、管理部隊・海軍航空部隊（航空機はアメリカ軍上陸まえに全機損失しており、生存搭乗員《せいぞんとうじょういん》や整備員が地上戦に参加）

陸海軍兵員合計　約２２、５００名

うち戦死　約１８、５００名

妖怪《ようかい》　丸毛

ずいぶん昔の話になる。

当時わたしのいとこが鎌倉《かまくら》に住んでおり、夏休みになるとまるまる一か月、泊《と》めてもらうというのが、ほぼ毎年の恒例《こうれい》行事だった。

海が近くて、耳をすませば潮騒《しおさい》が聞こえる……そんな風光明媚《めいび》な所だった。

ある夏の夕方、おじからお使いをたのまれた。

「おまえ、上のつじむかいの地蔵《じぞう》の横手にある、榊原《さかきばら》さんちわかるか？」

その家なら、なんどかスイカをごちそうになったことがあった。

「あとでいいから、あそこんちにアジの干物《ひもの》届《とど》けてくれ」

なんといっても子どものころだ。すぐ行けばいいのに、そのあと遊びほうけて、すっかり夜になってしまった。

「早く行かなかったのは、おまえが悪いんだぞ。いまからでも行ってこい」

おじにいわれ、わたしはしぶしぶ、その家に向かった。

すでに外は真っ暗。

「そこにちょうちんがあるから火ぃ、入れてけ」

極端《きょくたん》に昔の話ではないが、信じられないことに、その家では、ちょうちんをまだふつうに使っていたのだ。

ちょうちんというのは、周囲はぼんやりと明るくなるのだが、そこから先は余計に暗さを増すように感じる。

周囲は昔ながらのたたずまいが残されていて、よくいえば風情《ふぜい》がある。いいかえれば、うす気味悪いことこの上ない。

ビーチサンダルをペタペタやりながら、わたしは、車一台がやっと通れるくらいの砂《すな》っぽい道を、〝榊原《さかきばら》さんち〟を目指して歩いていた。

少し行くと、左は孟宗竹《もうそうちく》、右はささやぶという道筋《みちすじ》に出た。もちろん、街灯などあるはずもなく、ときおりそよぐ風が、さわさわと葉を鳴らしている。

ふとなにかの気配を感じ、右ななめまえに視線《しせん》を向けたときだった。

グアサァッ……ガサガサガサガサッ

こちらと同じような明かりを灯したなにかが、右手のささやぶの中を、同じ進行方向に移動している。

おどろいて歩をゆるめたわたしのまえに、〝それ〟が姿《すがた》を現すまで、なん秒もかからなかったように思う。

身のたけ約一メートル、まん丸な体を白い毛がおおい、ちょうちんを持った手と思しきものが、球体の真横からつき出している。

極端《きょくたん》に左右に体をふる独特な歩き方で、比較的《ひかくてき》早歩き気味。

ゲエヘッゲエヘッゲエヘッ……ウウウンンン……


なんとも表現しがたい息づかいを残して、わたしの七、八メートルまえをななめに横切り、左手の竹林へと消えていった。

そのあとには、ほんのりとニッキ（シナモン）のような香《かお》りが残っていたのを、いまでも鮮《せん》明《めい》に覚えている。

いまにして思えば、唯一《ゆいいつ》救いだったのは、〝こちらに向かってこなかった〟ということだ。

この話をすると、〝夢でも見てたんじゃないの？〟と、たいてい同じ反応が返ってくるが、あれは夢ではない、決して。

最近になって、わたしはその場所をたずねてみた。

周囲はすっかり近代的な町並《まちな》みになってしまっており、細く砂《すな》だらけだった道も、りっぱな竹林もどこにも見あたらなかった。
なんだかさびしかったなぁ……。

人形に宿る思い

アメリカを始め世界中で愛されている、あるアニメキャラクターがいる。このウサギのキャラクターの〝あこがれの存在《そんざい》〟とされる、Lバニーというキャラクターが、実はわたしの大のお気に入り。

決して〝マニア〟の域《いき》にまで達しているわけではないが、数少ない販促品《はんそくひん》や、ちょっとしたグッズを集めている。

いまから六年ほどまえのこと。

ニューヨークはクイーンズの一角に、一軒《いっけん》の古びた骨董屋《こっとうや》があった。なんだかちょっと気になり、連れといっしょに入ってみた。

さまざまなものが鎮座《ちんざ》し、まるでフリーマーケット（フリマ）の商材をいっしょくたにしたような店内。なにに使うのか見当もつかない、へんてこな機械の残骸《ざんがい》や部品、首回りがのびきって穴《あな》の開いたTシャツに、めっきがはげたおもちゃの指輪……。ありとあらゆるものが、店いっぱいにあふれている。

(こんなとこに長居したら、なにを売りつけられるかわからん)

そう思ったわたしは、そそくさと店から出ようとドアノブに手をかけた。

ふと気がつくと、それまでいっしょにいたはずの連れの姿《すがた》がない。見ると、左手のおくの方で、なにやらごそごそやっているのがうかがえる。

「おいおい、なにやってんだ?」

そういいながら近づいてみると、連れはかたむきかけたたなの上を、じっと見つめている。

連れはふりむきながらいった。

「おい、あれって……確かおまえが好きなLバニーだよな?」

そういわれて視線《しせん》を向けておどろいた! そこに置かれていたのは、日本ではなかなか手に入らなかった、Lバニーの大きなフィギュア!

しかし、形は確かにわたしの記憶《きおく》にあるものと同じだが、各部の色合いが、まるで別ものだった。

わたしは店主に聞いてみた。

「あそこに置かれている人形は、通常のものとは色合いがちがうようだが、なにか理由があるのか？」

すると意外な返事が返ってきた。

「あの人形は試験的に作られたもので、通常の商品とはちがうんだ」

それを聞いて、Ｌバニーグッズ集めの虫が、むずむずとうごめき始めたわたしは、すぐに値《ね》段交渉《だんこうしょう》を始めたが、とたんに連れが横から口をはさんできた。

「ちょっとちょっと待て。今回は手荷物もめいっぱいだぞ！　こんな大きなもの、もうバッグに入らないぞ」

大きいとはいえ、たかだか背《せ》たけ五十センチほどのものなのだが、それでも梱包《こんぽう》をふくめると、そこそこの大きさになってしまうことは確かだ。

「この人形を、日本へ発送してもらうことは可能か？」

そう聞くと、店主は激《はげ》しく首を横にふって、手で大きく×を作ってみせた。

「まぁ、これぱっかりはしかたないよ。またどこかにあるさ」

連れはそうなぐさめてくれたが、そのときのわたしの落胆《らくたん》ぶりは、まるでほしいおもちゃを買ってもらえなかったときの、子どものようだったと思う。


そのときの感覚を、なんといい表せばいいのだろう。

そのフィギュアとは、妙《みょう》な〝縁《えん》〟を感じた……いやちがう。そんなかんたんな表現でいい表すことができるような感じではない、特別な感覚……。

とぼとぼとニューヨークの街を歩きながら、なんだか異様《いよう》にうしろ髪《がみ》を引かれる思いだけが、ずんずん心に積もってゆく。

タクシーを拾い、宿泊先《しゅくはくさき》のホテルに着いても、思わずふらりとあの店へ行きたくなる衝動《しょうどう》にかられる。いまにして思えば、なんとも不思議な感覚を味わったものだ。

そう、あれは一種の運命だったにちがいない。

たかだかアニメキャラのフィギュアと……? と思われるのがふつうだろう。

だけど、そうではないのだ。

実はそのとき、そこに宿る強烈《きょうれつ》な意志を持った、ひとりのアメリカ人女性の思いを、わたしは感じていたのだった。

それから四年後。わたしは都内で開催《かいさい》された、ある大きなモーターショーの会場に足を運んでいた。

外車がメインのショーで、車雑誌《ざっし》のライターをしているわたしには、マスコミ用の入場チケットが事前に送られてきていた。

お客に合わせて車を改造するカスタムビルダーや、ショップ代表たちとひさしぶりに顔を合わせ、お互《たが》いの〝近況報告《きんきょうほうこく》〟を交わしあう。しばらく談笑《だんしょう》して、再会を約束し、会場をあとにした。

この日のために特設された野外駐車場《ちゅうしゃじょう》へ向かうため、強烈《きょうれつ》に照り返すアスファルトを歩く。

いくつかの交差点をわたり、ふと右手を見たときだった。

「んん？　ありゃあ……なにやってんだ？」

きたときには気づかなかったが、ある一角の広大なスペースに、満場の人ごみが見て取れる。近づいてみると、それは大がかりなフリーマーケットだった。

偽物《にせもの》や粗悪品《そあくひん》も平然と売られるこの手のマーケットを、中にはきらう人もいるだろうが、実はわたしは、結構この雑多感が好きだった。

以前、横浜《よこはま》のフリマに立ち寄った際、新品の革《かわ》ジャン、しかも人気のモデルのものを五〇〇〇円でゲットしたこともある。

案外、ものによっては、価値《かち》を知らない人が出店しているケースも多く、フリマを穴場中《あなばちゅう》の穴場《あなば》とする向きも少なくない。

フリマ内に一歩足をふみ入れると、家族連れやカップルで、文字通りのいも洗《あら》い状態。わたしは場内に作られた通路を、ゆっくりと歩きながら出品を見て回る。

こういう場所で開催《かいさい》されるフリマは、地方自治体が運営するものとはちがい、出店側にそこそこの出店料が要求されるのが通例だ。

出店するのに場所代がかかることで、売る側もみな真剣そのもので、まじめに商売をされている。よく地方のフリマで見られるような〝家にねむっていた不用品〟の店というのは少ない。ほとんどの店には、出店者が資金を投じて仕入れたものを売る、れっきとした〝店舗《てんぽ》〟としての気がまえが感じられる。

暑い最中だったが、わたしは時間がたつのも忘《わす》れて、楽しいひとときを過ごしていた。

最後のブロックは、一見して海外からの輸入Tシャツとわかる一団が陣取《じんど》り、一九六〇年代の、サイケデリックなデザインが並《なら》んでいる。

（うわぁ、こりゃまるで昔のヒッピーだね……）

このへんのものにはまったく関心がなく、わたしはこのエリアを足早に通り過ぎようとしていた。

（あ、あれ？）

一瞬《いっしゅん》、右の視界《しかい》ぎりぎりに、なにかを感じた。

あからさまにもどっていって、「いらっしゃい！」と店の人にいわれるといやなので、あくまでも自然に、なに気なく、わたしはそこに近づいていった。

「うわっ！！！」

正直いまとなっては定かではないが、もしかするとその瞬間《しゅんかん》、わたしはこんな声を上げていたかもしれない。それから小走りにかけ寄って、それをまじまじと見た。

まちがいない。あのときのＬバニーのフィギュアだ！

するとサイケに囲まれて座《すわ》っていた、長髪《ちょうはつ》にひげの男がわたしに話しかけてきた。

「もしかして、これ……ほしいんすか」

「あ！　……ああ」

わたしの口から情けない声がもれる。

「あんたんとこ、行きたかったのかなぁ、こいつ」

長髪《ちょうはつ》は意外な言葉を口にした。

「な、なんで⁇」

「おれ、ひとりぐらしなんすよ。だから今日の荷物も、おれがひとりで車に積みこんだわけ」

「う、うんうん」

「こいつはねぇ、二階の部屋のたなのいちばん上に置いておいたんだが……今朝ここへ着いて荷を解いてみたら、勝手にその中に入ってたんだよね」

「まじか……」

あまりの再会におどろき、わたしはそのくらいの返事しかできないでいた。

「ほしいなら……ただであげるよ。ああ、やっぱTシャツ一枚《いちまい》買ってって！　ぐおわははははは!!」

長髪《ちょうはつ》はくったくなく、大きな声で笑った。

その声でようやく頭が動きだし、わたしは気になったことをたずねた。

「こ、これをどこで？」

「ああ、なん年かまえに仕入れでアメリカへ行ったんだよ。ふだんはめったに行きゃあしないんだけど、なんでだかそのときに限って、ニューヨークへ行きたくなってさ」

「もっ、もしかすると、クイーンズにある時計屋のとなりのきたねえ骨董屋《こっとうや》!?」

「おお？　よく知ってんなぁ」

そこでわたしは、あの日のできごとを、長髪《ちょうはつ》に話して聞かせた。

すると、長髪《ちょうはつ》がくわしくそのときのことを語りだした。

「実はな。あの日、おれがあの骨董屋《こっとうや》へ入ったのには、まったく別の理由があるんだ。たまたまクイーンズへ行ってはみたものの、正直あそこはいまだにおっかねえだろ？　だから、明るいうちにそのへんをひと回りして、さっさと宿へ引き上げようと思ってたんだが、そのまえにバスケの試合でも見ようと歩いていた。

メインストリートへ出て、歩道を歩きながらふとまえを見るとな、尋常《じんじょう》ではないほど、足の長いブロンドの女性が歩いてる」

わたしの心の中に「ビンゴ！」のおたけびが上がった。

「おれと同じ方向へ行くもんで、だまって付いて歩いてたら、あのきったねえ骨董屋《こっとうや》へ入っていくじゃんか」

決して下心があったわけではないと、そう釘《くぎ》をさした上で、長髪《ちょうはつ》はなおも話を続けた。

「なんだかどうしても、そのあとを付いていきたくなってな。まぁ、考えてみりゃおれも同じような商売をしてるわけだし、新境地を開拓《かいたく》してみるか……そんな軽い気持ちで、店内へ入ったんだが……」

「だが？」

「どこを見回しても、さっき入っていったはずのブロンドの姿《すがた》がないんだ。すると店主がいきなり声をかけてきてな。『おまえさん、日本人だね？』っていうんだよ。だからあたりまえに『そうだよ』って返事したら、おくからそのフィギュアを持ってきて、『来月この店をたたむことになったんで、悪いがこいつを日本へ連れていってやってくれないか』っていうんだ」

他の州で買い付けた荷物は、すべて航空便で送る手はずになっていたため、長髪《ちょうはつ》はそれをかんたんに梱包《こんぽう》してもらい、手荷物として機内へ持ちこんだという。

「なんだかわけわかんねえことだったが、不思議とすーっと受け入れることができたんだよな」

長髪《ちょうはつ》は最後にそういった。

そしていま、Lバニーはわたしといっしょに暮《く》らしている。

そのブロンドの彼女《かのじょ》がだれなのか。なぜわたしのもとへきたがったのか。

なぜ……？

いまは時々夢に出てくるだけの存在《そんざい》となってしまっているが、わたしのアメリカ好きに関係しているだろうか。

入ってくる……

いまから十七年ほどまえの夏。

夜中の二時近くに、とつぜん携帯電話《けいたいでんわ》が鳴った。

ねむい目をこすりながら出てみると、古くからの友人・栗原《くりはら》からだった。

「おう、どしたぁ？　こんな時間に？」

「いや、ごめん。ほんと悪いんだけどさ、いまからそっち行っていい？」

と栗原《くりはら》がいう。

なんだか、えらくあわてた雰囲気《ふんいき》だったので、わたしはやむなく了承《りょうしょう》し、部屋の明かりをつけて待っていた。

すると、ものの十分もしたころ、栗原《くりはら》が息せき切ってやってきた。

「どうした？　なにがあったの？」

栗原《くりはら》が部屋に入るなり、わたしはたずねた。

「ごめん！　ほんっとにごめん！」

「いや、ごめんはいいから。なにがどうしたってのよ？」

「水を一ぱい飲ませてくれ」

わたしがくんだ水を、栗原《くりはら》は一気に飲みほした。それから栗原《くりはら》をうながして、ふたりでソファーに腰《こし》を下ろす。

「いやぁまいったよぉ。本当にこんなことってあるんだな」

「だからっ！　なにがだっ!!」

夜中におしかけてきて、いつまでもこの調子なので、わたしはちょっといらいらしていた。

「C公園……知ってんでしょ？」

「もちろん知ってるよ。近くに有名なお化け屋敷《やしき》がある所だろ？」

「お、お化け屋敷《やしき》ぃ？」

「超《ちょう》有名じゃんか。なにおまえ、知らなかったの？」

「道理で……」

そこから栗原《くりはら》が話し出したことは、いま思い出しても寒気がする。

川越《かわごえ》で仕事があった栗原《くりはら》は、その後、八王子の自宅《じたく》まで帰らなければならなかった。

もともとこのあたりの出身の人間ではない彼《かれ》は、〝こっち曲がった方が近いかな……？〟という軽い乗りで、その道を選んだのだという。

彼《かれ》の愛車は4WDで、極端《きょくたん》な改造をほどこした、スペシャルマシーン。これでもかといわんばかりに車高を上げ、ふつうの背《せ》たけの人では、ドアノブにやっと手が届《とど》くというほどだ。

その車で〝事件〟は起きていた。

「S牧場って書いてあるあたりを、なんとなく右に曲がったんだ。そしたら、なんだかずいぶんとさびしい一本道に出た」

「うんうん。そこをずーっとくると初めての信号があったろ？　角がテニスコートになってる」

「……」

栗原《くりはら》がその風景を頭の中に描《えが》く。

「そのテニスコートのとなりにある一軒家《いっけんや》が、〝お化け屋敷《やしき》〟だよ」

「ほっ、ほんとかよっ!?　そこだよぉ！　まさにその信号の手まえだよぉ！」

彼《かれ》がいう〝一本道〟に差しかかり、しばらく走ったころにそれは起きたという。

「おれの車、うしろにも席があんだろ。そ、そのうしろにスライド式の窓《まど》があるの……わかるか？」

「ああ、わかるよ。真うしろの小さいやつな」

栗原《くりはら》は、最初、それがなんであるか、わからなかったのだという。

その一本道に差しかかったあたりで、とつぜん後部座席《ざせき》の方から、風を切るような音が聞こえだしたが、よくありがちな〝ひぃ～ひぃ～〟という、すきま風の類いだろうと、栗原《くりはら》は気にもしなかった。

「だがそれが、あまりにはっきりした感じで鳴るんで、ルームミラーをのぞいたんだ。でも、そこにはなにも映《うつ》らなかった。ただスライドの窓《まど》が若干《じゃっかん》開いていることだけはわかった。自分では開けた覚えがないから、おかしいな……とはすぐに感じたんだよ」

「それで？」

次に聞こえてきたのは、後部座席《ざせき》の背《せ》もたれのあたりを、バシバシとたたくような音だったという。

「なにが鳴ってるんだろうと思い、ミラーをのぞくとさっきより……窓《まど》が開いてるんだ」

「さっきより？」

そこで栗原《くりはら》は少し速度を落とし、そのせまい空間で起こっている〝なにか〟を把握《はあく》しようと努めた。

「そしたら今度は、あからさまな男の声で『あぁぁぁぁ～うおあぁぁぁ～』ってのが聞こえたんだ！」

「うわわ……」

「そこでおれは、車を走らせながら、ちゅうちょせずうしろをふり返った！」

なんとそこには、あの小さな窓《まど》から必死に車内へ入ってこようともがく、見知らぬ男の姿《すがた》があったという。

「思わず『うわああああっ！』ってさけんで、急ブレーキをふんだよ！　そしたらそいつ、その勢いを借りて、まるでところてんのような感じで、一気に車内に体をすべりこませてきたんだ！」

栗原《くりはら》はその場に車を急停車し、やみくもに走ってS市方面ににげた。

そこへ、まえから一台の車がやってくるのが見える。栗原《くりはら》が思わずそのまえに飛び出し、助けを求めると、なんとそれはパトカーだった。

栗原《くりはら》は警察官《けいさつかん》たちに、いまあったことを話した。

「とりあえず車の所まで行きましょう」

パトカーに乗せてもらい、自分の車の所までもどる。おそるおそる中をのぞくが、別段《べつだん》ふだんと変わったようすはない。

「おまわりさん、お願いですから、これ、うちまで運転してってくださいよぉ」

「こんな変な車、運転できないよ」

栗原《くりはら》の懇願《こんがん》はみごとに断られた。それならせめて、署《しょ》に一日保管してほしいとたのみこみ、タクシーでわたしの家まできた……ということだった。


次の日、わたしもいっしょに警察署《けいさつしょ》へ彼《かれ》の車を取りに行った。

栗原《くりはら》が受付でキーを受け取り、車が置かれた警察署裏《けいさつしょうら》の駐車場《ちゅうしゃじょう》の方へ歩いていく。

「じゃあ、おれは仕事場に向かうからな」

そういってわたしは栗原《くりはら》に別れを告げた。

……と、次の瞬間《しゅんかん》！

「うわあああああああっ!!」

栗原《くりはら》のものすごい悲鳴が、周囲にひびきわたった。

あわててかけ寄ると、栗原《くりはら》はぺたんと地べたにしりもちをついている。

「どうしたっ！」

「うっうっ、うしろのシート……見てくれ」

そういわれ、わたしは運転席によじ登って、おそるおそる後部座席《ざせき》に視線《しせん》を移した。

なんとそこには、ずたずたにかきむしられ、あたり一面にシート内部のスポンジをまき散らかした〝背《せ》もたれ〟があった。

病院裏《うら》の葬《ほうむ》り塚《づか》

いまからさかのぼること、十数年まえ。

友人の宝達《ほうたつ》という男がきて、出しぬけにこんなことをいい出した。

「タクシーの運転手をやることにした」

それは子どものころからの夢で、そのために彼《かれ》は、わざわざ二種免許《めんきょ》を取得したという。

一朝一夕《いっせき》にできる仕事ではない……とか、気が短いおまえにはむり……とか、しまいには夕クシー強盗《ごうとう》の恐怖《きょうふ》なんかを、切々とわたしはうったえてみたが、終始彼《かれ》の決意がゆらぐことはなかった。

それから三か月ほど経過したころだろうか。

宝達《ほうたつ》が早朝に電話をかけてきて、ひとこと「やめた」。

(やっぱりな……)

おまえの脳《のう》回路には〝がまん〟という言葉はないのかと、からかい半分でわたしがつっこんでみると、一瞬《いっしゅん》の間を置いて、宝達《ほうたつ》から思いがけない答えが返ってきた。

「……見ちゃいけないものを見ちまった」

当然、そこからはわたしの探究心《たんきゅうしん》に火がつき始め、「電話じゃなんだから」と、家へくるようながした。

タクシー業務は、大きく分けて二通りに分類される。ひとつは、都市部で通常見かけるような〝流し〟といわれるもの。自分の営業圏内《えいぎょうけんない》を走りながら、お客がいれば乗せ、お客を降《お》ろしたら、また流して走る。

もうひとつは流しをせず、契約先《けいやくさき》を決めていたり、電話での注文に対し運行したりするものだ。宝達《ほうたつ》が籍《せき》を置いた会社は、後者の運行形態を主にしていたが、夜は流しをしていた。

数週間、契約先《けいやくさき》までの同じ場所を走っていると、それまでには知らなかった細い裏道《うらみち》などもわかってくる。

渋滞《じゅうたい》をさけるためにたまに使うある裏道《うらみち》の一角に、まるでゴーストタウンとみまごうような古い長屋群があった。

昼日中であればともかく、夜などは、そばを通ることさえもはばかられるような雰囲気《ふんいき》に満ちていて、宝達《ほうたつ》の会社内ではだれいうともなく、〝お化け長屋〟と呼《よ》んでいたそうだ。

そんなある日のこと、宝達《ほうたつ》は駅周辺から拾ったひとりのお客を、〝お化け長屋〟の先で降《お》ろした。

車内の時計を見ると、駅に終電が到着《とうちゃく》するころあいであることに気づく。

一分でも早く駅にもどり、なんとか遠方へ行く上客をつかもうと、ふだんはめったに通らない、夜の〝お化け長屋ルート〟を選択《せんたく》した。

街灯のひとつも灯ることなく、まるで時代に忘《わす》れ去られた墓標のように、ぽっかりと口を開けてたたずむ漆黒《しっこく》のポイント……。

（と、とにかく早いとこ、明るい道へ出よう）

そう思いながら宝達《ほうたつ》はアクセルをふみこんだ。

お化け長屋界隈《かいわい》、最後の信号が黄色……そしてすぐに赤へと変わったのを確認《かくにん》し、ゆるやかにブレーキをふむ。

ジャケットの内ポケットをさぐり、タバコを一本取り出し、火を点けようと、ライターに手をのばしたときだった。

ゴツゴツッ……ゴツッ

おどろいて音のする後方の窓《まど》を見ると、そこから車内をのぞきこむ女性がひとり立っており、どうやらこぶしで窓《まど》をノックしているようだった。

(こんなうす気味悪い場所に……客?)

そう思いながらも、宝達《ほうたつ》は自動ドアのコックを操作《そうさ》し、車内へと招き入れようとした。

直前に見た女性は、車両のすぐわきに立っており、そのまま勢いよくドアを開けてしまえば、まちがいなく女性の体にあたってしまう……。そう考え、ミラーで位置関係を確認《かくにん》しながら、ゆっくりとコックを操作《そうさ》した。

しかし女性はすぐによほど距離《きょり》を置いたのか、その姿《すがた》がミラーに映《うつ》ることはなく、ただそこには開放されたドアが見えているだけ。

(あれ、乗らないのかな?)

そう思いながら、宝達《ほうたつ》はうしろをふり返ってみる。

「うわわっ!」

なんと、たったいままで外に立っていたはずの女性が、いつの間にか後部座席《ざせき》に座《すわ》って、じっとこちらを凝視《ぎょうし》している。

「ど、どちらまで……」

あわててドアを閉《し》め、そういいかける宝達《ほうたつ》に、女性は、まるでそれを打ち消すように言葉をかぶせてきた。

「……病院へ」

「はい? どちらの病院でしょう?」

「……S町のK病院」

「わかりました」と返事をし、宝達《ほうたつ》はメーターをたおして、駅とは逆方向へ向かった。

（いまからS町へ行くとなると、終電客をのがしちまうな……やれやれ）

そんなことを思いながら、宝達《ほうたつ》は目的地への順路をたどっていった。

んっ……んんっ……んんっ……んんっ

とつぜん、後部座席《ざせき》にいる客が声を発し出した。

しかし、宝達《ほうたつ》がそれ以上におどろいたのは、客が声を発しながら、首を〝ぐわんぐわん〟と左右にゆすっている姿《すがた》だった。

「お、お客さん、だいじょうぶですか!?」

宝達《ほうたつ》が声をかけるも返答はなく、客は異様《いよう》なほど、首を上下させたり、左右にふったりするばかり。

そうこうするうちに車はS町に入り、目的地であるK病院までは、ほんの数キロにせまっていた。

時間的に行き交う人の姿《すがた》も車もなく、あたりは閑散《かんさん》としている。ほどなくして、右前方にK

病院が見えてきた。

「正面玄関《げんかん》でよろしいで……」

またもや宝達《ほうたつ》の言葉をさえぎって、客はいった。

「建物に沿《そ》って手まえを右へ」

「え？　でもあそこに道なんか……」

「ありますから」

（なんどもK病院には、きたことがあるが、わきに道なんかあったかな……？）

そう思いながら減速してみると、確かに車一台がやっと通りぬけできそうな細い道がある。舗装《ほそう》もされていない細い道で、なにやらキツネにつままれたような心持ちで進んで行く。するど道は雑木林につきあたり、左右どちらかへの選択《せんたく》をせまられ、宝達《ほうたつ》は客に問いかけた。

「どちら……」

「左へ」

そこは病院の裏手《うらて》にあたり、右側はうっそうとした雑木林が続いていて、人家などはとうてい見あたらない。客のいうとおり左に折れ、一〇〇メートルも進んだだろうか。客が小さな声でいった。

「ここで」

そういわれ、宝達《ほうたつ》は周囲に目をやった。

それまで続いていた病院敷地《しきち》を示すフェンスが、極端《きょくたん》にえぐれており、そこにいくつかの塚《つか》が並《なら》んでいる。

（なっ、なんでこんな所に塚《つか》が⁉　ここだけ敷地《しきち》を外れているのか？）

「ありがとうございます。一四八〇円になります」

そういいながらうしろをふり返り、宝達《ほうたつ》はさらなる異様《いよう》さにふるえ上がった。

女は背《せ》もたれに強く背中《せなか》をおしつけるかっこうで固まり、妙《みょう》に変形させた口をなおもゆがませて微動《びどう》だにしない。

「あの……お、お客様」

思わず、そう声をかけたときだった！

ベキッ……ミシミシッ……メキメキメキメキッ！！

「そんな音とともに、女の首が天井《てんじょう》近くまで、ぐぐぐーっとのびたんだ……」

それを目《ま》のあたりにした宝達《ほうたつ》は、思わず車外へ飛び出し、砂利道《じゃりみち》をかけ出した。

しかしすぐに、車内に現金や大事なものを残していることを思い起こし、宝達《ほうたつ》は車の近くまでもどると、少しはなれた大木の陰《かげ》へ身をひそめた。

「すると女は自らドアを開け、まるでなにごともなかったかのような感じで、外に出てきたんだ。どうするものかと見ていたら、なんと横にあった塚《つか》のひとつに、まるで吸《す》いこまれるように消えてしまった……」

それらの塚《つか》がなにを祀《まつ》ったものであるのかは、いまもって判明しない。

新三郎の話

「だんなぁ、そこから先は、がけでござんすよぉ」

そんな声におどろいて左を見ると、みすぼらしいいでたちの小男が、こちらを見上げている。

どうやら自分はいま、馬に乗っているようだ。

眼前には広大な森が広がり、それを高地よりながめている。

「そのようだ。別の道を行くことにしよう」

たづなを持った小男がくるりと馬を反転させ、きた道をもどってゆく。

「新三郎様のことは、よろしいので？」

「あやつは自らの思いにより、生き死にを選びし男。案ずることはなかろう」

「さようで……」

うっそうとしたやぶをぬけ、街道筋《かいどうすじ》に出る。

しばらく歩くと、前方から三度笠《さんどがさ》を深めにかぶった男が近づいてくる。

通り過ぎざま、小男になにかを手わたした。

自分が馬上から見ると、なにやら小さな書き付けのようだ。

「はぁ……」

小男が小さなため息をつく。

「長康様《ながやす》が……お子の市丸様ともども……」

「うむ、やはり北に落ちたか……」


ここで目が覚める。

中途半端《はんぱ》な時代劇《じだいげき》のワンシーンのようだが、馬上にいるのは確かに自分。しかし、まるで自分が自分でないような感じで、語られるせりふも自分の意思ではなく、なにかにからくられて、口からこぼれ落ちてくるような……。

実はこれ、わたしが子どものころから見続けている夢なのだ。

いまではそこに登場する人物の名前や、周囲の情景までもが、くっきりとわたしの頭に焼きついてしまっている。

そこから先を見ることも、まえを見ることもないため、いったいこれがなにを指し示しているかはわからない。

しかし、なんらかの深い意味を持っているように思えてならない。

廃《はい》線《せん》の鉄橋

もう三十数年まえ、北海道の海沿《うみぞ》いにある、Fという小さな町でのことだ。

その日わたしは、ひさびさに旧友の岩瀬《いわせ》に会うため、この町を訪《おとず》れていた。子どものころから小学校の先生になるのが岩瀬《いわせ》の夢で、本人の必死の努力のかいもあって、見ごとにその夢はかなったのだった。

岩瀬《いわせ》は、大学で児童教育を学ぶうち、交通条件や自然的、文化的、経済的《けいざいてき》条件にめぐまれない、山間地や離島《りとう》の子どもたちへの教育〝へき地教育〟に興味を持った。やがて大学を卒業し、岩瀬《いわせ》本人の強い希望で、生まれ故郷《こきょう》でもあるF町の小さな分校におもむいたのだった。

F町へは交通の便が非常に悪いこともあり、わたしはレンタカーを借りて移動することにした。とちゅうで食事をとったりして、F町へ着くころには日も西へかたむきかけていた。

岩瀬《いわせ》が勤《つと》める学校はすぐにわかった。

昔ながらの木造校舎、その窓《まど》の所々から、石炭ストーブの煙突《えんとつ》がつき出ている。

敷地内《しきちない》に車を停《と》めて通用口を探《さが》していると、それを中から見ていたらしい岩瀬《いわせ》が顔を出した。

小学校のころから、なんら変わることのない赤ら顔がほころぶ。

「いやぁ、変わんないねぇ！　元気だったかい？」

岩瀬《いわせ》からすると、こっちも変わっていないらしい。

「積もる話もいっぱいあるから、はやく中入ってや。つかれたべさ？　いつ帰るの？　急ぐこともないっしょ？　ずっとここにいれば、いいっしょや！　なんならあんたもいっしょに先生やるかい？　がっはははは！」

たて続けにそういうと、岩瀬《いわせ》は豪快《ごうかい》に笑った。人間というものは、性格もかんたんには変わらないらしい。

「なんで夏休みなのに学校にいるわけ？　宿直？」

わたしも笑いながら聞いた。

「いやいやぁ、今日はほれ、お泊《と》まり会さ。〝渓流《けいりゅう》づりクラブ〟っていうのがあってな、おれが顧問《こもん》をしてるもんだから、その合宿みたいなもんだわ。まぁ、うちの学校にクラブはそれひとつしかないけどな！　がっはははははは！　……あ～あ」

「『あ～あ』じゃねえよ。それじゃあ、おれがいたんじゃ、じゃまだろ？」

「あはは、そんなことないって。なんせおれも今日が初めての引率だから、なんとなく不安でな。よかったら、ちょっといっしょに手伝ってや」

「てつだ……まじ？」

なんだか少々はめられた感を否《いな》めなかったわたしだったが、ちょっとした先生気分を味わうのも悪くないか……と思い、引き受けてみることにした。

それからしばらくは昔の話に花が咲《さ》き、だれもいないいなかの校舎に、ふたりの笑い声がひびきわたる。

日も落ちるころ、ぽつぽつと子どもたちが集まりだした。

麦わら帽子《ぼうし》に虫かごをさげ、うすよごれたランニングにサンダルをつっかけたスタイル。まるで自分たちの子ども時代にタイムスリップしたような、なつかしい感覚がよみがえる。

いったん講堂に全員を集め、岩瀬《いわせ》が〝渓流《けいりゅう》づりの心得〟を語り始めるが、ほとんどだれも聞いていない。これも自分の子どものころと、ちっとも変わらない。

ようやく岩瀬《いわせ》の話が終わり、それぞれが手に手にさおやビクを持ち、正面玄関《げんかん》まできたときだった。

「あれ？　雨が降《ふ》ってる！」

気づくと、それまで盛《さか》んに鳴いていたセミの声はとだえ、ぽつぽつと雨が降《ふ》り出していた。

子どもたちの落胆《らくたん》はいうまでもなく、ふと横を見ると岩瀬《いわせ》までもが泣きそうな顔になっている。

とりあえず講堂にもどってみんなで車座《くるまざ》になり、通り雨であることを祈《いの》りつつ、雨雲が通り過ぎるのを待つことにした。

決して明るくはない照明の下に、大人ふたりをふくめ総勢十五人。雨どいを伝う雨のしずくとともに、ただただ時間だけが流れていく。

せっかく集まった子どもたちを元気づけてやりたい一心で、わたしはこう切り出してみた。

「ぼくは遠い所からきたから、この町のことはよく知らないんだ。明日は朝からいろいろ見て歩きたいと思ってるんだけど、みんなはこの町のどういうところが好き？」

　すると六年生の女の子が手をあげた。

「きらいなところなら、いくつかありますけど……」

「んっ、きらいなところ？　それは例えばどういうところだい？」

　彼女《かのじょ》が語ったことを要約すると、おおよそこんなことだった。

　この町のとある場所に、いまは使われていない単線の鉄橋があり、その上を女の幽霊《ゆうれい》が歩くというのだ。

　まだそこに鉄道が走っていたころ、ひとりの女性が失恋《しつれん》の末、線路に自分の首をのせて自ら命を絶った。その直後、相手の男性も下の川で変死体となって発見され、以後、さまざまな怪《かい》異譚《いたん》が語り継《つ》がれている。

　いまでも複数の人が霊《れい》現象を目撃《もくげき》しており、中にはその幽霊《ゆうれい》を写真に収《おさ》めた者もいるという。

　赤くさび付いた橋脚《きょうきゃく》の土台にはレンガが使われていて、所々はがれ落ちたさまは、さながら死んだ人間の皮ふのようだ……。

いくら感受性の強い年ごろだといっても、一点を見つめながら話す、彼女《かのじょ》の冷淡《れいたん》な語り口には、わたしはなにか背筋《せすじ》に冷たいものを感じずにはいられなかった。

それから、なんだか話の流れがこわい方向に行きかけたので、あえてわたしはストップをかけた。

こんな所で聞くこわい話は、なんだかたまらなかったからだ。

数十分が過ぎ、講堂の屋根を打っていた雨音もとだえたようだった。

「お！　あがったようだな。よし、それじゃあみんな行こうか！」

いったんは肩《かた》から下ろした荷物を再び担《かつ》ぎ、頭にそれぞれヘッドライトを着けて、一行が歩き出す。

さっきまでの天気とは打って変わって、紺色《こんいろ》にすみ切った夜空には、満月がかがやいていた。

二十分ほども歩いただろうか。どこからかさらさらと水の流れる音がしだし、ななめに切った土手へと上がるけもの道にたどり着いた。

川岸に着くと子どもたちは、慣れた手つきでさおをセットし、思い思いの場所へと散らばっていく。

岩瀬《いわせ》の話によると、周辺流域《りゅういき》はいずれも浅瀬《あさせ》であり、危険《きけん》はともなわないとのことだったが、真っ暗な水面にヘッドライトだけで入っていける子どもたちに、わたしはひたすら感心していた。わたしはというと、岸で終始荷物の番に精を出している。

それから、三十分ほど経過したころだろうか。

わたしがいる場所から見て、二十メートルほど上流にいた男の子が、なにやらひとりでさわいでいる。

聞くと、川底のなにかに、つり針《ばり》が引っかかったまま取れなくなっている。いわゆる〝根がかり〟というやつだ。

「おーい、いま行くからちょっと待っとれよー！」

岩瀬《いわせ》はそういうと、ばしゃばしゃと水の中を上流へと歩いていく。

男の子のもとへたどり着いた岩瀬《いわせ》が、ヘッドライトの明かりをたよりに、根がかりした原因をさがすべく糸をたどっている。ごそごそとやってはいるが、いまだ針《はり》は取れないようだ。

と、次の瞬間《しゅんかん》だった。

「うわああああああああっ!!」

その場にいた全員が、ぎょっとして岩瀬《いわせ》の方をふりむく。

「なんだぁ！　なんだこれえぇっ!!　うえええっ!!」

そうさけびながら、岩瀬《いわせ》は四つんばいになって川からはい出してきた。

その声は遠くにいた者にも届《とど》いたらしく、岩瀬《いわせ》先生の安否《あんぴ》を気づかって、子どもたちがぞろぞろと岸に上がってくる。

騒動《そうどう》に気づかない子に向け、岩瀬《いわせ》が大声で呼《よ》びかける。

「おーいっ！　もどれーっ！　早くしろっ！　早く上がれーっ!!」

先ほどとは打って変わって、あらあらしい口調の岩瀬《いわせ》を見て、子どもたちは一様に不安げな表情をうかべている。

なにがあったのか定かではないが、なんとかこの場を収《おさ》めなくては……そう思ったわたしは、みんなに向けて、あえて笑顔《えがお》でこういった。

「まったくもう、岩瀬《いわせ》先生なにやってんのぉ？　背中《せなか》に毛虫でも入ったかぁ？」

その瞬間《しゅんかん》、〝きっ〟とわたしの顔をにらみつけた岩瀬《いわせ》の目は、いまだに脳裏《のうり》に焼きついてはなれない。

「悪いが、とっ、とにかく、今日はもう中止にする」

子どもたちはいっせいに悲鳴に似た声をあげる。

「ええーっ！　やだぁ!!」

「なんでさ先生!?　せっかく雨止んだのにぃ！」

「いいからっ！　……せ、先生のいうことを聞きなさい」

先ほどまでの温和で活気に満ちた岩瀬《いわせ》先生は、そこにはいなかった。

きた道をぞろぞろともどる。

その間も岩瀬《いわせ》は終始うつむいたまま一点を見つめ、かすかな声でブツブツつぶやいていた。

「おい岩ちゃん、どうしたぁ？　いったいなにがあったの？」

わたしは子どもたちに聞こえないように、岩瀬《いわせ》に聞いた。

「いやいい。いまはいい。とにかく子どもたちを守らなければ……ブツブツブツブツ」

学校の正門をくぐり、先ほど雨宿りした講堂へとたどり着く。

そのころには、岩瀬《いわせ》の顔にも生気がもどっており、中途半端《はんぱ》に終わってしまった夜づりを、ただひたすら「申しわけない」と子どもたちに謝《あやま》っている。

「いんやぁ、実はさっき、この中村先生がいったとおりでな。どうやら背中《せなか》に、でっかい毛虫が入ったらしいんだわ。もう痛《いた》くて、痛《いた》くてどうもならんのさ。したからなみんな、本当に悪いんだけど、今日はそれぞれ家に帰ることにするべ」

子どもたちも、しぶしぶながらも納得《なっとく》したようだった。

最後の子どもを送り出し、そのうしろ姿《すがた》を見ながら、岩瀬《いわせ》が「はぁーあ」と大きなため息をつく。

それから岩瀬《いわせ》は、わたしにいっしょに宿直室にくるようううながした。

その表情は再び険しいものに変わっている。「なにがあった?」とたやすく聞けない、いや聞くべきでないと、わたしに感じさせるほどだった。

宿直室に入ると、岩瀬《いわせ》は大きなアルマイトのやかんを持ち上げ、明るい表情を取りつくろっていった。

「まずまず、お茶でも飲もうや」

サンダルをつっかけ、やかんを持って流し台に向かう岩瀬《いわせ》を、わたしは目で追った。

すぐとなりにある流し台と宿直室の入り口とは、波がらのガラスをはめこんだついたてで仕切られている。そのガラスに映《うつ》る、岩瀬《いわせ》の形がおかしかった。

（だれかを……背負《せお》っている……）

そう感じた。

流し台の方から勢いよく水を入れる音が聞こえ、すぐに岩瀬《いわせ》はもどってきた。変わった所はない。

（気の迷いか目の錯覚《さっかく》か……）

わたしには、むりにも自分をそう納得《なっとく》させることが、現時点での得策《とくさく》に思えた。

「悪いな中村。せっかくひさしぶりにこうして会ったたっちゅうのに、変なとこ見せちゃったな」

「いや、そんなことはいい。それより……」

「わかってる。いまから川でのことを全部話すけど、信じる信じないは、おまえの勝手だ」

わたしののどを、〝ごくり〟と鳴らしてつばが通っていく。

「あれだけがっちり針《はり》が食ってたからな。おれも最初は単なる『根がかり』だと思った。ところがな、糸をたぐってみて、あることに気づいたのよ」

「あること？」

「そうだ……いいか？　根がかりに『あたり』はこねえ。わかるか？　根は水の中から引っ張るか？」

「そりゃまぁ……」

「だからおれは、とんでもねえ大物が食らい付いてると思ったわけさ」

「でもあんな浅瀬《あさせ》で……」

「その通りよ。そんなこたぁ、ふつうならありえんべさ？　それで気ぃ取り直してな、水の中にこう、ぐぐ〜っと両手ぇつっこんだわけよ」

わたしなら絶対やらないと思った。

「そしたら、岩や木の根とはあきらかにちがう、なにかにふれたわ」

「なにか？」

「それをこう、こうな。両手でかかえるようにして、ぐ〜っと水底から持ち上げたんだけどな……」

もう一度わたしののどが鳴った。

「ヘッドライトに照らされて少しずつ見えてきたの……女の首だったわ」

「!!」

「長い髪《かみ》を水にただよわしてよ。半開きの口から糸が出てて、カッと見開いた目がじいっとおれを見てるんだ」

岩瀬《いわせ》はそういうと、下を向いてぐっと顔をしかめた。

そしてそこから先に起こったことは、いま思い出しても鳥肌《とりはだ》が立つ。

部屋のすみに置かれた古いガスコンロの上で、先ほど火にかけた大きなやかんが、グラグラとうなり始めた。

岩瀬《いわせ》が大きめの茶びんにお茶の葉と湯を入れ、ふたり分の湯飲みにじょぼじょぼと注いでいる。

時期は夏であるにもかかわらず、その場の空気は寒々と冷え、まるで切れる寸前《すんぜん》の弦《げん》のように、ぴんと張りつめていた。

そんなときに飲む一ぱいの熱いお茶は、この上ない安堵感《あんどかん》をもたらしてくれる……はずであった。

「いやぁうまいね。夏でも冬でも、日本人にはやっぱりお茶が……ん？」

口の中に異物感《いぶつかん》を感じたわたしは、とっさにそれを指でつまみ出した。

出てきたものを見て、ふたりは心底こおりついた。

「な、なんだそれ？　なして髪《かみ》の毛なんか出て……あっ……？」

そういった岩瀬《いわせ》の口からも同様の長い髪《かみ》が出てくる。とっさにふたりは自分たちの湯飲みをのぞきこんだ。

そこにはまるで、とぐろを巻《ま》いたヘビのように、ぐるりとまるまった長い髪《かみ》の毛がしずんでいた。

その場にいることがたまらなくなったわたしたちは、行き先も定まらないまま、急いで学校をあとにした。とりあえず岩瀬《いわせ》が住む家へ行き、とにかく安酒をあおって一夜を明かした。

次の朝、学校に用があるという岩瀬《いわせ》を、わたしは車で送っていくことにした。

翌日《よくじつ》には北海道をはなれる予定だったわたしは、かたい握手《あくしゅ》を交わし、再会をちかって岩瀬《いわせ》と別れた。

しかし、わたしの心の中には、どうしても釈然《しゃくぜん》としないなにかが残っている。

（どうしてもなにかが引っかかる！　それがなにかを知りたい……）

時間がたつとともに、その思いがふくらんでいく。

（そうだ。帰るまえに、もう一度昨日の川へ行ってみよう！）

そう思い立ったわたしは車を降《お》りると、昨晩《さくばん》みんなで歩いた道筋《みちすじ》をたどってみることにした。

学校をはなれ、なんとか土手の下まできた。そして見覚えのある、ななめに切られたけもの道をかけ上がる。

「あ、ああ……」

そこでわたしが見たものは……さびた単線の鉄橋。レンガを使った橋脚《きょうきゃく》の土台。

そうなのだ。

昨夜は暗くて気づかなかったが、岩瀬《いわせ》はこの橋の真下で女の首をつかみ上げたのだ。

雨の講堂で聞いた、女の子の話が頭をよぎる。

〝いまは使われていない単線の鉄橋があって、その上を女の幽霊《ゆうれい》が歩くんだって。それは過去にも、複数の人間が目撃《もくげき》してて……〟

それ以降《いこう》、岩瀬《いわせ》の消息はつかんでいない。

土の下より

夏をおしむかのように、昼夜を問わず奏《かな》でられていた虫たちの求婚《きゅうこん》の宴《うたげ》が消え失せると、本格的な秋の訪《おとず》れを感じてしまう。

つい先日のことだが、群馬に住む友人の羽鳥（『人形の家』〈上から見てる〉に登場）がたずねてきた。

その羽鳥がちょっと変わった話を置いていったので、書いてみようと思う。

彼《かれ》の家はある山のすそ野にあり、大変豊かな自然にめぐまれている。まあ、いいかえれば〝いなか〟なのだが、そこに大きな一軒家《いっけんや》を建て、家族五人で暮《く》らしている。

庭には山から持ってきたクヌギや山栗《やまぐり》があり、夏ともなると、さまざまな虫たちが長く逗留《とうりゅう》するのだという。

子どものためにと庭先にブラックライトを設置し、ライトから放たれる強烈《きょうれつ》な紫外線《しがいせん》によって、本来、人家近くには寄ってこないような昆虫《こんちゅう》も、かんたんに捕獲《ほかく》できるのだと羽鳥はいう。

羽鳥には特筆に価する特技があった。

それはラジコンの製作で、それも既製品《きせいひん》のキットを作図通りに組み上げるのではなく、なにもないところから、すべてを自分で作ってしまうのだ。

もちろんエンジンやそれをコントロールする機器は、製品を使わなくてはならないが、ボディーやシャーシは完全にハンドメイドでしあげてしまう。シャーシというのは、車のボディーをのぞいた、骨格《こっかく》となるフレームのことだ。

そのできのすばらしさが、あるホビーショップから発信され、子どもから大人にいたるまでマニアの間で評判となり、口コミで次から次へと、羽鳥のもとに製作依頼《いらい》がまいこむようになった。

そうなるとそれまでは、室内の一角でぼちぼちやっていた作業が、どうにも追いつかなくなってくる。

「五月下旬《げじゅん》に、クヌギの根もとにコンパネ、あっ、コンクリートパネルのことな、それを数枚《すうまい》しきつめて簡易的《かんいてき》ながら屋外に作業場を作ったんさ」

作業効率は飛躍的《ひやくてき》に向上し、本業の合間をぬってやる〝趣味《しゅみ》〟とは、とうてい思えぬくらいの収入《しゅうにゅう》もあるという。

「それからひと月ほどたった、六月下旬《げじゅん》くらいからだったかな。毎晩《まいばん》のようにおかしな夢を見るようになったんだ」

「夢？」

「おう、あれは……どう考えても夢だんべ」

布団《ふとん》に入ってしばらくすると、自分の周囲から覚えのある〝におい〟がただよってくる……という。

「最初は、なんだかはっきりしなかったんだけど、なんどか同じものをかぐうちに、それが〝土〟のにおいだとわかったんさ」

「土って……畑なんかのふつうの土のにおい？」

〝土のにおい〟というので、なにか特殊《とくしゅ》な土かと思いわたしはそう聞いてみた。

「それ以外の土を、おれは知らん」

と答えた。羽鳥はちょっとひねくれている。

当初はただ単に、土のにおいがするだけだったらしいが、それから数日たったある日のこと。

「おれがねている布団《ふとん》をな、こう下からぐぐっとおし上げてくるんだ」

「なにが？　だれが？」

「そんなことは知らねえよぉ。でも確実に『ぐぅっぐぅっ』と、そこそこの力でおし上げてくるんだよ」

「こえーな……」

「こえーだんべ？」

あまりに同じ夢を見るので、そのうちに、羽鳥はそれがなんなのかを確認《かくにん》したくなった。

「ある晩《ばん》、また下からぐっときやがったんで、逆に上からずいっと体重をかけてやったんさ」

すると……。

「そいつぁ、小さな声で『痛《いた》いよぉ』とつぶやいた」

「うそつけっ！」

あまりにかわいらしい答えに、わたしは思わずそういった。

「ばか、うそじゃねえよぉ！」

「……それで？」

その次の日から、なんと布団《ふとん》の下にいるらしき〝なにか〟の数が増えたという。

「どうしようもねえ。ねてられやしねえんだから。一晩中《ひとばんじゅう》あっちが出っ張り、こっちが出っ張り……」

イ～ッ……イ～ッ……

しかもそんな声を上げながら、布団《ふとん》を下からおし上げてくるのだと羽鳥はいう。どう考えてもおそろしい。

「なんだかすっかり寝不足《ねぶそく》になっちまってよ。それでも依頼《いらい》はこなさなきゃなんねえ。さて今日もいっちょ片付《かたづ》けるべ……そう思って、いつもの庭の作業場へ行ってみたらな……」

コンパネにキノコがたくさん生えていた。それも赤く毒々しいやつ。

羽鳥が続ける。

「こいつはいけねえと思って、取っちゃあ捨《す》ててたんだが、いったん付いちまった菌《きん》って、なかなかなくならねえだんべ。それで、コンパネを新しいのに交換《こうかん》しようと思ったんさ」

羽鳥は地面とコンパネとのすき間に手をかけ、勢いよく板をめくっておどろいた。

なんとそこには、おびただしい数のセミの幼虫《ようちゅう》がうずくまっていたのだ。

「時期がきて、羽化しようと地中からはい出てはきたものの、板、置いちまったもんで出るに出られなかったんじゃねえ？　幸い全部生きてたんで、割《わ》り箸《ばし》使って一匹《いっぴき》ずつクヌギの幹に付けてやった」

「素手でさわると、人間の体温でやけどするらしいもんな」

「そうそう、それ知ってたもんだからな。がきのころに覚えた豆知識が役立ったわ」

その日から、布団《ふとん》をおし上げるものはこなくなったという。

意思を持つ車

昭和後期の晩秋《ばんしゅう》。

舞台《ぶたい》は北関東の山間部。周囲に街灯はなく、曲がりくねった砂利道《じゃりみち》の両わきはうっそうとしげった雑木林。

周囲には小さなトンネルが多く、ふだんから車の通りはまったくなく、人の気配もみじんも感じられない。

ある飲み会で、国有林の管理などにあたる、当時の営林署《えいりんしょ》に勤《つと》める友人から、「そのあたりに不気味な廃村《はいそん》がある」と聞き、数日後、男女数名で車数台に分乗して向かった。

「角に『動物注意』のかんばんがある。そこが村の入り口だ」

友人はそういっていた。

ところが全員で目をこらして探《さが》すが、どんなに走り回っても、それらしき目印は見あたらない。

ひとつめのカーブトンネルをこえたあたりで、道をはずれた場所に停《と》まっている古い軽自動車を発見した。デザイン性と作り手の価値観《かちかん》をこめた記号的な名前で、他の軽自動車とは一線を画した往年の人気車だ。

なん年なん十年と放置されたものと見え、車体にはほこりやどろが厚く積もり、もとの色さえかくしてしまっている。

そこから目印のかんばんに注意しながら、しばらく進み、いくつめかのトンネルをこえたあたりで、全車停車した。

車外でどうしたものかと話し合っていると、こちらにむかってトンネルの中をぬけてくる、一台の車の排気音《はいきおん》に気づいた。

それはまさに、先ほど停《と》まっていた軽自動車の音そのものだ。

全員が固唾《かたず》をのみ、いままさにトンネル口から現れるであろう車の出現を見守る。

音はどんどん大きくなり、同時にそれが確実にこちらに近づいてくるのがわかる。

ボーン……ボーン……ボンボンボンボン……

姿《すがた》は見えない。

だがそのエンジン音は、あきらかにいまトンネルを出て、自分たちのすぐそばにせまっている。しかし依然《いぜん》として姿《すがた》が見えないのだ。

いままさにゆっくりと近づいてきたそれは、プチッ！　ミチッ！　という小砂利《こじゃり》をふむ音を立て、最後尾《さいこうび》に停《と》まっている車のすぐ背後《はいご》に停《と》まった。

全員がいっせいに悲鳴を上げて車に飛び乗ると、どこへ続くともしれぬ山道を、ひたすらまえにむかってすっ飛ばしていく。

そこからなんキロも走り続け、どうやら山をひとつこえたらしい。

道は曲がりくねりながらも、下りの様相を呈《てい》していく。

わたしは先の行程を打ち合わせるため、見通しのいい所で、車を左に寄せて停《と》まった。

「さっきのあれはなんだったんだ？　まぁどっちにしても、この暗さでは村の入り口を見つけるのは困難《こんなん》だ。またそのうち、日中にでも出直そう」

集まったみんなに、わたしは提案した。

全員の意見がまとまり、ふもとまで下りて、街までの道をたどろうということになった。

それぞれが自分の車に乗りこもうとしたとたん、最後尾《さいこうび》にいた長尾《ながお》がさけんだ。

「おおおーいっ！　おおおおおおーいっ！」

長尾《ながお》の車にぴったりと張り付くように、ほこりにまみれたあの軽自動車が停《と》まっていた。

上階より飛び下りあり

友人Mさんの話だ。

Mさんは友人のために、都内にある八階建てのマンションの賃貸契約《ちんたいけいやく》を、代行することになった。

ところがその契約書《けいやくしょ》の瑕疵項目《かしこうもく》には、はっきり「上階より飛び下りあり」と記載《きさい》がある。瑕疵項目《かしこうもく》というのは、その物件にきずや欠陥《けっかん》、さらに過去、自殺や殺人、事件や事故などがあった場合に、書かれている内容のことだ。

Mさんは気にはなったが、その部屋を借りることになっている友人本人が決めた部屋であるし、引っこしも急いでいたため、そのまま契約《けいやく》することにした。ただその友人は、霊《れい》関係に対しては異常《いじょう》なほどのこわがりなため、友人が契約書《けいやくしょ》を見たらまずいなとは思いつつ、その瑕疵《かし》項目《こうもく》についてはだまっていた。

瑕疵《かし》の内容は「上階より飛び下りあり」となっていたが、その部屋自体には関係ないわけで、Mさんは、なぜわざわざ書面に書くのだろうと不思議に感じた。

実際、飛び下りがあったのは703号室で、契約《けいやく》した部屋もその真下というわけではない。

(もしかしてベランダの柵《さく》にでもぶつかって下に落ちた……とか？　だから、わざわざ瑕疵項《かしこう》目欄《もくらん》に書きこんだのか……？)

いろいろ考えてはみたが、Mさんはどうにも腑《ふ》に落ちなかった。


友人が入居してから一週間が経過したころ、友人からMさんに電話がきた。

「ベランダに人が立っている」という。

契約《けいやく》した部屋は602号室。603は空室、反対どなりの601が角部屋。中間に位置する602のベランダと601のベランダはつながっておらず、なに者かが侵入《しんにゅう》できるような位置関係ではない。

当然、下や上の階から人が侵入《しんにゅう》できるような造りでもない。

友人の話では、ベランダに人が立つのは夜ばかりらしく、Mさんが「そんなの気のせいだ」といくらいっても、「確かに立っている！　なんども見たからまちがいない！」とゆずらない。

あまりにも気持ちが悪いので、友人はカーテンを完全遮光《しゃこう》型のものに替《か》え、ベランダ側に布製のクローゼットを置いて目かくししたらしい。

ところが今度は、部屋の照明がとつぜん消えたり、台所の明かりがついたり消えたり、トイレに入っているときに、バチンという音とともに、明かりが消えてしまうことなどが頻発《ひんぱつ》するようになった。

そのうちに、空室であるとなりの603から、かべをたたく音が聞こえ始めた。

帰宅《きたく》するとすぐに、となりの部屋のドアが開く音が聞こえたり、かべになにかを打ちつけているような音が聞こえたりするという。

「これはもう住んでいられない」と、結局、友人は四か月足らずで引っこしていった。

不動産屋の話によると、近くの大学に通う女子学生が、飛び下り自殺したとのことであったが、その部屋との直接的な因果関係については、不明のままである。

霊《れい》に惹《ひ》かれた男

ひょんなことから、先日こんな話を聞いた。

その男性は、昨年の暮《く》れ近くに一九七〇年型のある中古車を購入《こうにゅう》した。発注して数週間後、待望の車が納車《のうしゃ》されたのだが、そのときになんだかいいしれぬ、不思議な感覚におちいったという。

テストドライブをさせてもらったときには、感じることのなかった、実に不思議な感覚……。全身のすみずみにまで、神経が興奮《こうふん》した状態を引き起こす〝アドレナリン〟がいきわたるような緊張感《きんちょうかん》。それにプラスして、生まれてこの方、感じたことのないような〝寒気〟に似た感覚だったという。

「わたしも大好きな車に乗るときには、それと同じような感覚を味わったりするよ」

と伝えると、それとはまったく異質《いしつ》なものだと彼《かれ》は断言した。

その感覚は日に日に強くなり、ある日を境に、男性は連日同じ夢を見るようになったという。

「髪《かみ》がさらさらっと風になびき、それがわたしの顔にふっとふれるんですよ。その感覚におどろいて目を開けると、いつの間にか車を運転していましてね。

横を見ると栗色《くりいろ》の長い髪《かみ》を風にそよがせている、線の細い女性が座《すわ》ってるんです。にこりと笑いながらこちらにむくんですが、すずしげな目もとが印象的な、実にきれいな人なんですよ」

まるで実際の自分の彼女《かのじょ》を自慢《じまん》するかのように、男性は目を細くしている。男性は続けた。

「あれは夢やまぼろしなどではないです。いまもこの車の助手席には、彼女《かのじょ》の存在《そんざい》を感じますし、吐息《といき》や小さなせきばらいが聞こえることだってあるんですよ」

だんだん鳥肌《とりはだ》が立ち出したわたしだったが、おそらく彼《かれ》のいうことは、まぎれもない真実なのだと思う。それがいったい、どういう理由があって起きているのか判断することは、わたしにはできないが、ひとり者の彼《かれ》にとっては、すばらしい〝出会い〟であったにちがいない。

ふたりに幸あらんことを……?

おそろしさま

わたしは小学三年生で沖縄《おきなわ》へ引っこす直前、東京K区に住んでいた。

近くには下町特有の商店街や古びた古銭商、小さな修理工場があり、それぞれに生活がしっかりと息づいた、活気のある町だったように記憶《きおく》している。

このあたりは実に坂が多かった。買い物に行くにも公園に行くにも、どこかしらに必ず坂がからむのだが、今回はその坂のひとつを下るとちゅうにある、ある古い神社での話。

いまとはまったくちがい、当時の子どもたちの遊びといえば、メンコにビー玉、鬼《おに》ごっこにかくれんぼが主流。中でもわたしはメンコが大好きで、近くのがき大将《だいしょう》を集めては、毎日〝メンコ大会〟をくり広げていた。

その日も例外ではなく、いつも通り学校から帰ると、すぐにメンカン（メンコを入れておくクッキーなんかの大きな空《あ》き缶《かん》をこう呼《よ》んでいた）をかかえて、いつもの神社へと自転車を走らせた。

なん十回もの対戦をくり広げたあと、みんなで近くの駄菓子屋《だがしや》へジュースを買いに出かける。ジュースのびんを置いて店を出る際、乱雑《らんざつ》に陳列《ちんれつ》された商品の片《かた》すみに、わたしは、それまで見たことのないものを発見してしまった。

先がとがっていて、反対側には羽のようなものがついている不思議な物体。

それが〝ダーツ〟の矢であることは、その後なん年もしてから知ることになるのだが、そのときはもう、それがなにに使われるものなのかとか、本来の使い道などといったことは、まったく関係なかった。

みんなで見たことのないそれを買い、もといた境内《けいだい》へもどる。

そして、そこにそそり立つイチョウの巨木《きょぼく》目がけて、みんなで投げる投げる。

やがて的もなく、ただ投げては取ることにあきてしまったわたしたちは、日もぼちぼちかたむきかけていたこともあり、明日も会うことを約束して家路についた。

わたしの家はみんなとは逆方向の高台にあり、そこそこの急坂を上らなければならない。

(なにに使うかは知らないけど、なんだか面白いもの手に入れたなぁ)

そんなことを考えながら、ハンドルをにぎり、必死に立ちこぎをしていたときだった。

「ああっ!!　メンカン忘《わす》れたっ!」

新たなアイテムとして加わったダーツにすっかり気を取られ、大事なメンコ一式を神社の境《けい》内《だい》に忘《わす》れてきたのだ。

その場で急いで自転車をUターンさせると、わたしは、いま必死に上ってきた坂を一気に下りた。石段《いしだん》の下に自転車を投げ置き、急な石の階段《かいだん》をかけ上がる。

境内《けいだい》を見回すと、いちばんおくのさいせん箱の横にあるのが確認《かくにん》できた。

(ああ、あってよかったぁ)

そう思いながらメンカンを小わきにかかえ、いまきた参道をもどろうと歩き出す。

あと数歩で石段《いしだん》にかかる……という、そのときだった。


ドオッスウゥッ!

たったいま歩いてきた参道のおくの方で、なにか重くやわらかい、大きなものが落ちてきたような音がした。

とっさにわたしはふり返り、その音の主に目を向ける。


大きさは乗用車サイズ。形的にはヨークシャーテリアがふせをしている状態。

それがまるで、強烈《きょうれつ》な逆光にさらされているようなシルエットとなって、こちらにじりじりとにじり寄ってくる。

んをぉぉぉ……んをぉぉぉ……

同時にその物体からは、そんな息づかいのようなものが聞こえるのだ。

「うわああああああああっ!!」

おおよそこの世のものではないものとの出会いは、当時の純真無垢《じゅんしんむく》で繊細《せんさい》なわたしには少々強烈《きょうれつ》過ぎた。石段《いしだん》をまるで転げ落ちるようにかけ下りた所で、すぐ近くに住む知り合いのおばあちゃんに出くわした。

「どうした？　なにかあったの？」

あわてふためくわたしを見て、おばあちゃんはいった。

わたしは息も絶え絶えになりながら、いま見たものをそっくり語って聞かせた。

するとおばあちゃんの顔が急にこわばりこういった。

「おまえたち、神社でなにか悪さしたねっ!!」

そういうなりおばあちゃんは、わたしの手を引いて、石段《いしだん》を上ろうと歩き出す。

「ちょっちょっ、おばあちゃん、なんだよぉ！」

「なんだよじゃないっ！　ちゃんと『おそろしさま』におわびしないと、とんでもないことになるんだよ！」

わたしにとっては、そのおばあちゃんの方が、なん万倍も〝おそろしさま〟であったことはいうまでもないが、そのあまりの力と迫力《はくりょく》に、うながされるままに再び境内《けいだい》へ。

おどろいたことに、そこにはまるで、一面ユリ畑でもあるかのような芳香《ほうこう》がただよっている。

〝おそろしばあちゃん〟にしりをたたかれ、わたしはさいせん箱のまえに進んだ。

おばあちゃんは、なにか意味不明な言葉をいうと、わたしの頭をおさえて、ぐぐっと下げさせた。

「いいか。ここでは決して悪さしちゃいけないよ。いつでも『おそろしさま』が見てらっしゃるんだからね。わかったか!?」

うんうんと頭を縦《たて》に大きくふり、そそくさとその場をあとにしたわたしだったが、それからなん年もたったあとに、あのときの〝巨大《きょだい》なヨークシャーテリア〟の正体が判明した。

〈妖怪《ようかい》おとろし〉

神社などで、いたずらをしようとする者をいましめる神の使い。

もう少しで、激《はげ》しくいましめられるところだったわたしだ。

血《ち》吸《す》いのふみ切り

いまから十数年まえ、わたしは、私鉄《してつ》のSという駅にほど近い高層《こうそう》マンションに住んでいた。マンションの下には駐車場《ちゅうしゃじょう》が設置されていたが、所有する車すべてを置ききれず、駅の東側にある小さなふみ切りをわたった所の、月極駐車場《つきぎめちゅうしゃじょう》を借りていた。

ある夏の日のこと。

その日はテレビ番組出演のため、まだ暗いうちから出かけなければならず、わたしはその月《つき》極駐車場《ぎめちゅうしゃじょう》に向かって小雨の中を歩いていた。

時計の針《はり》は、午前三時を指している。

ここのところ、じとじとといやな雨が降《ふ》り続き、まるで梅雨《つゆ》がぶり返したかのようだ。

細い坂道を上り、例のふみ切りをわたれば、ほどなく自分の車が見えてくる。

と、そのときだった。

カ、カーンカーンカーンカーン！

「な、なんだ？　こんな時間に電車なんか……」

わたしがふみ切りに近づいたとたん、いきなり警報音《けいほうおん》が鳴り出し、遮断機《しゃだんき》が下りてきた。

「ああ、保線作業用の車両かなんかが通るんだな」

そんなひとりごとをいい、わたしはポケットにしのばせたタバコに手をやる。

ケースから一本取り出し、愛用のライターで火を点けようとしたときだった。


コツ……カッカッ……コツンコツッ……コツ……


警報音《けいほうおん》に混じって、背後《はいご》でなにかの音がした。

……ハイヒール。

そういえば、駅周辺にはちょっとした飲み屋街があり、そこへ通う女性たちの姿《すがた》を、ふだんからよく見かけていたのを思い出した。

（こんな時間まで大変だなぁ）

そんなことを思いながら、顔を直視《ちょくし》しないように、わたしは肩《かた》ごしにふり返った。

そこに黒っぽいスーツを着た女性が立っている。

しかし顔まで確認《かくにん》することはできなかった。

依然《いぜん》として遮断機《しゃだんき》は下り、警報音《けいほうおん》も鳴ったままだったが、いつまでたっても車両が通る気配がない。

明かりといえば、ふみ切りわきに設置されている小さな裸電球《はだかでんきゅう》だけだが、このときのわたしには、唯一《ゆいいつ》の心のより所だったように思う。

（なんだよおい！　なんでなにも通らないんだ！）

ひどく長い時間待たされているような気がして、わたしは少々いらいらしてきた。

いっそのこと、遮断機《しゃだんき》のバーをくぐって、一気にかけぬけてしまおうか……そう思った瞬間《しゅんかん》だった。

ぐぅっふう……ふう……ぐおえっ……ぐうおおおっ……あああぇぇぇぇぇぇぇ

その声のあまりの気味悪さに、わたしはちゅうちょせずふり返った。

なんとそこには、全身血まみれの〝女性らしきもの〟が立っていた。

上半身を極端《きょくたん》にかたむかせ、なにかをつかもうとしているかのような両手は、どちらも背中《せなか》の方へと曲がり、必死にうしろでなにかをまさぐっている。

下あごがありえない方向に湾曲《わんきょく》し、おし開かれた口からは、大量の血と思しきものが流れ出していた。

大きく見開かれた目には白目が見あたらず、もはや人間のそれではない。

そんなものを目《ま》のあたりにして、よくそんな冷静に観察できるなと思われる方もいるだろうが、そうではない。

いま思っても不思議だが、それらの情景が、瞬間的《しゅんかんてき》にくっきりと脳裏《のうり》に刷りこまれてしまった……とでもいおうか。

あまりのことに声も出せず腰《こし》をぬかさんばかりのわたしに、その〝女性らしきもの〟は、おずおずと近づいてくる。


うぐっ……ぐ……ぐぅぅ……お……おぉ……


そんな声を出しながら、ふつうでない歩調で少しずつ近づいてくるのだ。

一歩進む度に口からなにかがほとばしり、ぼとぼとと音を上げている。同時にパキャ……ポキ……と、まるで小骨《こぼね》が折れるような音がひびいてくる。

「う、うわあああああああああああっ!!!」

そしてわたしはそれに気づき、さけんだ。

〝まえに〟進んでたんじゃない。体はうしろ向き、つまり頭が前後逆に向いているのだ!

だから手も〝うしろに向いている〟のではなく、顔だけがまえを向いている。

「じょうだんじゃねーよっっ!!」

自分の立ち位置からいうと、その場からにげるには、ふみ切りをわたるしかなかった。

そう思って、遮断機《しゃだんき》をくぐろうと中腰《ちゅうごし》になってみておどろいた。

遮断機《しゃだんき》なんか下りていなかった。

いやそれどころか、さっきまで、あれほどけたたましく鳴りひびいていた警報音《けいほうおん》さえも、とだえてしまっている。

わたるとすぐにつきあたりになる道を右へ行けば駐車場《ちゅうしゃじょう》だが、いまはそれどころではない。

とにかく走ってそれからのがれたい……ただただそのことだけが頭の中をかけめぐっていた。

とにかくやみくもに走った。

ふだんからの運動不足もたたって、息も絶え絶えになっているわたしの耳に、またもやはっきりと聞こえた。


カツカツッ……カッカッカッカッ……カカカカカカカカカカカカカッ！！！

もうふり返ってそれを確認《かくにん》するような余裕《よゆう》はない。

しかしそれはまぎれもなく、さっきふみ切りの所で聞いた、ヒールの音にまちがいなかった。

どこをどう走ったのか、気づくと駅の反対口に出ていた。

二十四時間営業のコンビニのかんばんが見える。あわてて店内に飛びこむと、いまきた道が見えるマガジンコーナーへと進んだ。

（つ、ついてこなかったか……）

安堵《あんど》のため息をつき、温かい缶《かん》コーヒーを一本買う。呼吸《こきゅう》が整うのを待って、わたしは例のふみ切りとは反対側のふみ切りを通って、再び自宅《じたく》マンションの下までもどった。

その日はやむなくそこに置いている、別の車で出かけることにした。


数日後。

マンションの駐車場《ちゅうしゃじょう》で車を洗《あら》っていると、マンションのオーナーが声をかけてきた。

「いやあ、いつもながら精が出ますね」

「ははは、洗車《せんしゃ》ぐらいしてやらないとね……」

そこではっと、わたしはこの間のふみ切りのことを思い出した。

(ふみ切りのことを話してみようか……いや、変人あつかいされるのもなんだし……)

そんなわたしの顔を見て、オーナーはなにかを察したらしかった。

「なんです?　神妙《しんみょう》な顔して?」

そのひとことを皮切りに、まるでせきを切ったように、わたしは先日経験したいまわしいできごとを話してしまった。

「そうですか。それはまた、いやなものを見ちゃいましたね……」

「まったくです。もう生きた心地がしませんでしたよ」

昔からこのあたりに住んでいるオーナーは、あたりまえのことのように、こんな話を聞かせてくれた。

「いや、実はね。あそこはここいらじゃ、血吸《ちす》いのふみ切り……なんて呼《よ》ばれてましてね……昔から出るんですよ」

「えっ!!　昔から……ですか」

聞くところによると、老若男女《ろうにゃくなんにょ》を問わず、いままでにそこで命を落とした者の数は、二桁《ふたけた》に上るという。

そういわれてみれば、部屋で仕事をしているときに、幾度《いくど》となく異状《いじょう》を知らせる警笛《けいてき》を聞いているのを思い出した。

プアアアアアアア――――――ン!!

確かにあれは通常の鳴らし方ではなかった。

「今度昼間にでも見てごらんなさい。ふみ切りのはしにね、こう……いまでも花が手向《たむ》けられてますよ」

オーナーは続けた。

「なんだか、その駐車場《ちゅうしゃじょう》、験《げん》の悪い所だなぁ。よし。わたしが近くに別の駐車場《ちゅうしゃじょう》を見つけてあげますよ」

「ええ、お願いします」

数日後、真昼間にあのふみ切りを歩いてみた。オーナーのいった通りだった。

ふみ切りの両端《りょうたん》に、古くなってはいるがものすごい数の菊《きく》の花。

そしてその中に、スーツ姿《すがた》の若《わか》い女性の写真が入った額が置かれていた。

おいなりさん

「いやぁははは、今日は本当にごちそうさん。あんなうまい酒は、ひさびさに飲んだなぁ……」

そんな声が耳元で聞こえて、わたしはたたき起こされた。

枕《まくら》もとの時計を見るとまだ六時まえ。窓《まど》から外をながめると、東の空がほんのり白み始めている。

階下のリビングに行き、ソファーに腰《こし》を下ろしてぼーっとしてみる。

(さっきの声はだれだ? 酒……? そういえば……)

わたしは山梨県《やまなしけん》の山間部にある友人宅《ゆうじんたく》を訪《おとず》れていた。

手土産《てみやげ》にと、数週間まえに別の友人からもらった大吟醸《だいぎんじょう》の日本酒を持参した。大吟醸《だいぎんじょう》というのは、原料である米を半分以上みがきにみがいて作る、日本酒の中でも極上の酒だ。

しかもわたしの大好きな銘柄《めいがら》の酒で、石川県の蔵元《くらもと》までなんども通ったことがあるほどだった。

その酒を友人宅《ゆうじんたく》で開けるとき、ふと庭のすみにある小さなほこらが目に留まった。

「あれ？　もしかしてあれは、おいなりさん？」

友人に聞いてみた。

「そうだよ。おれが生まれるずっと前からあるらしいんだが……」

「よしよし！　だったら一献《いっこん》、差し上げよう」

わたしはそういうなり庭へ下りていって、湯飲みになみなみと注いだ酒を献上《けんじょう》した。

その日はおそくまでふたりで飲み明かし、そのままその部屋に床《とこ》を延《の》べてもらって、ごろりと横になった。


どれくらい時間が経過しただろうか。夜中にふと人の気配がして目が覚めた。

見ると、布団《ふとん》をしくために部屋のすみに寄せた机《つくえ》で、まだ友人が飲んでいる。

ねむい目をこすりながら、わたしは起き上がり、枕《まくら》もとに置かれていたタバコに火をつけた。

「まだ飲み足りねえか？　ははは……」

そういって友人の方に顔を向けると、すでに友人はいなくなっている。

（なんだよ、愛想のないやつだな……）

そんなことを思いながら灰皿《はいざら》でタバコをもみ消し、まだ温かみの残る布団《ふとん》にもぐりこんだ。

日が昇《のぼ》ると同時にたくさんの鳥の声が聞こえ、実に心地いい気分で、わたしは目が覚めた。

ちゃっかり朝食までごちそうになって、わたしは自宅《じたく》へともどってきた。

そして翌朝《よくあさ》、枕《まくら》もとであの声が聞こえたわけだ。


その日は、早くから仕事で出かけなくてはならず、朝早い時間から、わたしは玄関先《げんかんさき》のはきそうじをしていた。

するとおとなりの家のおくさんが出てきて、わたしにこんなことをいう。

「おはようございます。朝から精が出ますね」

「いやいや、モクレンの落ち葉がすごいもんだから……」

「ところで、お宅《たく》、外でワンちゃんを飼い始めたんですね」

「へっ？」

「あら、ちがうのかしら」

「なんでです？」

なにをいっているのかわからず、わたしは思わず聞き返した。

「まだ暗いうちだったから……六時少しまえあたりだったかしらね。二階の窓《まど》をじっと見つめて、なんだかむにゃむにゃいってる犬がいたのよ。……ほら、ちょうどそのあたりにこう、ちょこんと座《すわ》っててね」

おくさんが指した所から見える二階の場所は、わたしの寝室《しんしつ》だった。

「こちらからはうしろ姿《すがた》しか見えなかったけど、お宅《たく》の感応式のライトに照らされてね。とってもおりこうにお座《すわ》りして、なにかむにゃむにゃ～ってつぶやいてたわよ。あはは、それ見たら、なんだか愛《いとお》しくなっちゃって」

「犬ねぇ……？　どこかのお宅《たく》で飼われてる子じゃないですかね？　ごらんの通りうちには、外犬はいないんですよ」

「……そうよねぇ。じゃあどこのワンちゃんなのかしら。金色に近い毛色の、細身でとってもきれいな……まるで、キツネ……」


どうやらおいなりさんがきたらしい。

その後、山梨《やまなし》の友人から連絡《れんらく》があり、わたしはこの話をした。

すると、彼《かれ》はいった。

「んん？　おれがあの日、おまえがねてから夜中にひとりで飲んでたって？　そんなわけないだろ。おれはおれの部屋へ行って、爆睡《ばくすい》してたんだから……」


あの日、わたしが友人の家でねているときから、おいなりさんはいたらしい。

箱

いまから十数年まえ、わたしは都内のある高層《こうそう》マンションに、ひとり暮《ぐ》らしをしていた。部屋は3LDK、窓《まど》からはある有名人のお屋敷《やしき》も見える。その眺望《ちょうぼう》もさることながら、なによりすばらしい設《しつら》えをほこる建物だった。

わたしの部屋はもともとある女優《じょゆう》が住んでいた所で、入居することが決まって、家具の配置などを確認《かくにん》に行った際、彼女《かのじょ》が使っていたと思われる香水《こうすい》の香《かお》りが、ふっと鼻をかすめた。

わたしは心配になって、管理会社に電話を入れた。

「かぎ交換《こうかん》や部屋のクリーニングは、終わっているんですよね?」

「はい、もちろんです」

それを聞いて安堵《あんど》し、残《のこ》り香《が》のひとつくらいあっても悪くないと、自分を納得《なっとく》させた。

引っこし当日、友人たちが大挙して応援《おうえん》にかけ付けてくれたおかげで、大きなものはほとんど搬入《はんにゅう》が完了《かんりょう》し、あとはひとりで持つことのできる、段《だん》ボール類を残すのみとなった。

そんなとき、荷物を運びこんでいた作業員同士が、なにやらささやき合うのが、わたしの耳に届《とど》いた。

「おまえも？　……実はおれもなんだよ。いったいあれ……なんなんだろうな？」

ものすごく気になったわたしは、そのふたりに聞いてみた。

「あの……なんかありました？」

「えっ！　ああ、いやいや……」

「なんか問題ありげな……」

「そ、そうじゃないんです。ただ……」

「ただ？　引っこし代金のこと？」

「いやいやいやいやいやいやいやいや！　もちろん、そうではなくて、はこが……」

「はこ？　はこって……箱？」

「はい。実はさっきから、歩く所、歩く所に小さな箱が転がってて、それが危《あぶ》なっかしくてかなわんのです」

「はあ。それは単にどければいいのでは？」

「そうなんですがね。確かにそうなんですが……」

なんだかよくわからず、そのことは放っておくことにした。


一週間後。

やっとのことで部屋も落ち着き、積み重なっていた段《だん》ボールも、季節外の衣類を残すだけとなった。

ぱんぱんに張った腰《こし》をのばし、テラスに出るとタバコに火をつける。

フルルルルルルルルルルッ
一階のエントランスからつながるインターホンが鳴る。

「はいはい」

出てみると友人の和田ちゃんだった。

「一九七五年のいいワインが手に入ったから持ってきた！」

実にいいタイミング！　わたしは、テーブルの上に転がっていたガムテープを片付《かたづ》け、彼《かれ》がくるのを心待ちにしていた。

しかし、いつまで待っても、部屋に備え付けのベルが鳴らない。

「なにしてんだあいつ！　せっかくのワインが……！」

フルルルルルルルルルルッ
するとまたもや、一階からのインターホンが鳴る。

「なにやってんだよ！　早くこ……」

「だったらドア開けろよっ!!」

なんてことはない、一階のエントランスドアの開閉《かいへい》ボタンを、わたしがおしていないだけだった。


和田が持ってきたワインは、名品中の名品。しかもグラスまで持ってきてくれている。

「どうせおまえん所に、まともなグラスなんかねえだろ」

わたしの差し出した大きな湯飲み茶わんを見て、和田が笑いながらいった。

つまみにと差し出された袋《ふくろ》の中には、カキのオイルづけ。

それを、ちびちびやりながらふと気づくと、和田がじいっとわたしの顔をうかがっている。

「なに？」

「あのな、実はちょっとばかり、気になることがあるんだが……」

「なんだよ？」

「箱……」

また〝箱〟の話だ。和田が続ける。

「この間、ここの引っこし、手伝ったろ？」

「ああ、ありがとう」

「あのあとからなんだが、おれの部屋に……箱が現れるんだな」

「な、なにいってるのか、それじゃあ、わかりゃしねえぞ！」

「この間の引っこしのとき、業者がいってたこと……覚えてるか？」

「業者？　……あっ！」

「覚えてるんだな……」

確かにあの日、作業員がおかしなことをいっていた。

〝歩く所、歩く所に小さな箱が転がってて……〟

とにかく和田にくわしく事情を聞いてみる。するとそれは、どうやら尋常《じんじょう》でないことが伝わってきた。

「たとえばな、夜ベッドに入って、うとうととしかけるだろ？　するとな……」

〝ポテッ〟

そんな音がして、かけ布団《ぶとん》の上にそれが落ちてくるのだという。

むろん、ベッドの上には、たならしきものなどない。

「仕事から帰ってマンションの廊下《ろうか》を歩いてると、ふいに〝ポンッ〟と足にあたり、その勢いで、カラコロと音を立てて先へ転がる。見ると同じ箱だ」

「どんな箱なんだ？」

わたしは思わず聞いた。

「縦横《たてよこ》がほぼそろった正立方体で、大きさは一辺が十センチほどだ。手に持つと異常《いじょう》に軽く、おそらくあれは、桐《きり》かなにかでできているんだと思う」

「桐《きり》なら見れば、すぐわかりそうなもんだろ？」

「いや、それがな……」

　全体に真っ黒くこげていて、手でさわると炭がひどく付き、洗《あら》ってもなかなか落ちないのだと和田は続けた。

「中でもいちばん不思議なのは、どこが上でどこが下なのか、いやそれどころか、箱であれば当然あってしかるべきの、ふたらしきものがどこにも存在《そんざい》しない」

「なんだそりゃ？　だったらそれは単なる『木』じゃねえか」

「それならそこそこの重さがあるもんだろ？　持ち上げてふってみると、中でなにやらカサコソと音がする。そうだな……まるで丸めた紙が入っているような……」

　和田がそういいかけたときだった。


　カココォン！

廊下《ろうか》の方で大きな物音がした。

ふたり同時に立ち上がり、玄関《げんかん》へと続くドアを開ける。

が、そこにはなにも見あたらない。

次に洗面所《せんめんじょ》へと続くドアを開け、そのおくにあるバスルームのガラスドアを開けた。

「うはっ！　ごほっ！　な、なんだこのけむりっ！」

バスルームに、もうもうとけむりが立ちこめている。

あわてて換気扇《かんきせん》のスイッチを入れ、天井部《てんじょうぶ》のダクトから吸《す》いこまれていく白い気体を、ふたりでただ呆然《ぼうぜん》とながめる。

あらかた、けむりがなくなったころを見計らい、和田がバスタブの中をのぞきこんだ。

「お、おいっ！」

見るとそこには、まるで高い所から〝あれ〟を落としたかのような炭のあと。しかもそれは、落ちてきたなにかが、正方形であることを示していた。


そのあとすぐに、わたしは管理会社にことの次第を告げたが、ただただ首をひねるばかりで要領を得ない。友人の警察《けいさつ》関係者に協力してもらって、部屋の〝前歴〟も調べてみたが、事件らしい事件は起こってはいないことがわかった。

あの〝箱〟は、いったいなんだったのだろうか。

八王子城跡《じょうせき》トンネル

ある年の秋口。

知り合いのアメリカ人女性を、まだ行ったことがないというお台場へ案内した、その帰りのことだ。

首都高速道路の羽田線から環状線《かんじょうせん》、そして4号新宿線をぬけ中央道へ。八王子料金所をぬけしばらく走ると、当時、開通したばかりの、首都圏中央連絡道《しゅとけんちゅうおうれんらくどう》、通称《つうしょう》〈圏央道《けんおうどう》〉とのジャンクションがある。

わたしはいつもそれを通り、自宅《じたく》方面へとぬける。ふと見ると、まだだいじょうぶかと思われたガソリン残量が、八王子あたりまできたときには、もうガス欠寸前《すんぜん》になっている。

(なんとか青梅《おうめ》までもてば、横田基地に着くまえに給油できるな)

そう考えながら、中央道を左側道にそれ、大きく右に弧《こ》を描《えが》き、やがて圏央道《けんおうどう》と合流する道をひた走る。

車はやがて長いトンネルに入った。

実はそのトンネル、施工中《せこうちゅう》にも数々の事故が多発し、工事にたずさわる人たちに霊障《れいしょう》をもたらしたという、いわくつきのものだった。それもそのはず、その真上には、かの〝八王子城跡《じょうせき》〟が鎮座《ちんざ》しているのだ。

一五九〇年（天正十八年）六月二十三日、小田原《おだわら》の役の一戦として八王子城《じょう》は天下統一を進める豊臣秀吉《とよとみひでよし》の軍勢、上杉景勝《うえすぎかげかつ》・前田利家・真田昌幸《さなだまさゆき》らの連合軍一万五千に攻《せ》められた。

当時、城主《じょうしゅ》の北条氏照《ほうじょううじてる》以下家臣は小田原城《おだわらじょう》にかけつけており、八王子城内《じょうない》には、領民を加えたわずか千人あまりが立てこもっていたに過ぎなかった。

豊臣《とよとみ》連合軍の攻撃《こうげき》で、城《しろ》はたった一日で落城《らくじょう》。氏照《うじてる》の正室・比佐姫《ひさひめ》を始めとする城内《じょうない》の婦女子は自刃《じじん》、あるいは城内《じょうない》の滝《たき》に身を投げ、その滝《たき》は三日三晩《みっかみばん》、血に染《そ》まったという。

この小田原《おだわら》の役で北条《ほうじょう》氏は敗北し、城主《じょうしゅ》の氏照《うじてる》は切腹《せっぷく》。その後、新領主となった徳川家康《とくがわいえやす》によって八王子城《じょう》は廃城《はいじょう》となったのだった。

わたしの車が、いままさに、そのトンネルの出口にさしかかろうというときだった。

「ギャーッ!!」

とつぜん、助手席に座《すわ》っている彼女《かのじょ》がとんでもない悲鳴を上げた。

「どっどっ、どうしたんだっ!?」

そう聞くと彼女《かのじょ》は、ふるえる指先でフロントウィンドウの上の方を指したまま、顔をふせている。

トンネルをぬけるとすぐに、わたしは高速道路を降《お》り、ガソリンスタンドを見つけてかけこんだ。

そのころには、なんとか落ち着きを取りもどしていた彼女《かのじょ》が、ゆるりと話し出す。

「真っ白い女の人……」

「女?」

「すごく重そうなキモノ、風になびかせて、車のすぐまえまで降《お》りてきてた……」

わたしは総毛立った。

なぜなら彼女《かのじょ》は、日本にきてまだ数週間。八王子城《じょう》のことなど、知る由《よし》もなかったからだ。

彼女《かのじょ》の話を聞き、わたしは車に塩をまこうかと考えたが、さびたらいやなのでやめにした。

ぜんまい

その日はわりと早く……とはいえ、深夜二時くらいに床《とこ》についた。

ねむ気を呼《よ》ぶためにと、枕《まくら》の下には常になんらかの単行本が置いてある。

いつもはそれを読み、ちょこっと進んではねむりにつく。

その晩《ばん》はなぜだか、ねむ気が早くに訪《おとず》れ、持っていた本が顔面に落っこちてきて、初めてあ
あ、ねてたかと気がついた。


それからすぐに再びねむりに落ち、どのくらい時間がたっただろうか。

ベッドの足もとのあたりから……。


ジジジイイィィ……ジジジイイィィイイイ……

シュコシュコシュコシュコ……
縁日《えんにち》で売られている、ぜんまいじかけのおもちゃのような音が聞こえてくる。
それが必死に歩き回っている……そんなイメージ。
ジジジイィィィ……ジジジイィィィィィ……
シュコシュコシュコシュコ……

まだやってる。

ジジジイィィィ……ジジジイィィィィィ……
シュコシュコシュコシュコ……

（んん？）

わたしは一瞬《いっしゅん》ぎょっとした。

その〝なにか〟は、確実に近づいてきている。


ジジジイィィ……ジジジイィィィィ……

シュコシュコシュコシュコ……

ジジジイィィィ……ジジジイィィィィィ……

シュコシュコシュコシュコ……


それにはまるで〝心〟があるかのように、確実にこちらに近づいてきているのだ。

当のわたしはというと、別段金《べつだん》しばりにおちいっているようなこともなかったので、そっと上半身を起き上がらせ、音のするあたりをのぞきこんでみた。


いまやその音は、確実にわたしの腰《こし》のあたりにまで近づいてきている。

よくよく目をこらすと、ほのかに光る岩塩ランプの明かりに照らし出されて、なにか小さなものがそろそろと動いている。
（な、なんだ？　なにが……）
両手で目をこすり、再び同じ場所に視線《しせん》をもどした。が、すでにそこにはなにもない。
ただ、聞こえてくる音。
ジジジイィィイ……ジジジイィィイィイ……
シュコシュコシュコシュコシュコ…………

非情怪談《かいだん》

いまから十数年ほどまえ、わたしは東京都下にあるマンションに住んでいた。

当時、執筆業《しっぴつぎょう》を生業《なりわい》にしていたわたしは、その日もワープロ相手に一日中カタカタとキーボードを打っていた。

夜中の二時も回ろうかというころ。

南側出窓《でまど》の外で〝どぅぅんん〟と鳴った。

そのあまりに低くひびいた音がどうにも耳につき、わたしはタバコを吸《す》いがてらベランダに出てみる。

そこから見る地面には、マンション住民用の駐車場《ちゅうしゃじょう》が広がっており、区切られた各スペースに整然と車が並《なら》んでいる。

その一画、先ほどの〝音〟が聞こえてきた、ちょうど真下あたりに、わたしの車が置かれていた。

なに気なく車に目をやる。

(あれっ、おれの車ってこんな形だったか……?)

一瞬《いっしゅん》そう思わせる形に、自分の車が変わっている。

そばに人が落ちていた。

じゃあさっきの〝どぅぅんんん〟はこの音か……? いや、どう考えても、あれは人が車の上に落ちたときの音ではない。

「と、とにかく一一〇番! いや、一一九番が……先か!?」

そんなひとりごとをいいながら、わたしは受話器を取った。

あわてながらも、いま眼前で起こっている現象を伝えると、他にも数件、わたしと同じ通報が入っているようだった。

翌日《よくじつ》、うちに警察官《けいさつかん》がきた。

「昨日亡《な》くなった方がですね、屋上から飛び下りた際に、一度ある部分にバウンドしてるんです」

「バウンド……？」

「ちょっとおじゃましていいですか？」

「えっ、おじゃまって……」

「お手間は取らせませんのでね」

こちらの返事も待たず、警察官《けいさつかん》数人が、どやどやと上がりこんできた。

方角を確認《かくにん》するように部屋の中を歩き回ると、警察官《けいさつかん》のひとりが確信を持ったようにこういった。

「主任！　あの窓《まど》じゃないですかね」

「窓《まど》？」

思わず、わたしは聞き返した。

「えーと……中村さんでしたか」

「そうですが、いったいなに……」

わたしの問いに、主任と呼《よ》ばれた警察官《けいさつかん》が答える。

「この出窓《でまど》から見えるあの、ほれ、非常階段《かいだん》の周囲に張りめぐらせてある、鉄の防護柵《ぼうごさく》ね」

「防護柵《ぼうごさく》？」

「そう。あの部分……見えますか？」

「なにが見え……うわわっ！」

「おわかりでしょ？　あの写真を撮《と》らなきゃならんのですが、角度的におたくの部屋からでないとむりなんです」

柵《さく》には、力強くこすりつけたような血痕《けっこん》。しかもごっそりと付着した、頭髪《とうはつ》らしきものが見え、落下スピードのすごさを物語っていた。


深夜二時。

それからというもの、この時間になると窓《まど》の外で音が鳴る。

どぅぅんんん

わたしはすぐに引っこした。

片《かた》方《ほう》だけ

とつぜんこんな話を思い出した。

わたしが沖縄《おきなわ》から北海道へもどった、一九七四年の冬のことだ。

連日大雪に見まわれ、登校まえの雪かきが日常になっていたある日。

深夜に降《ふ》り積もった新雪をかくため、ねむい目をこすりながら、わたしは玄関《げんかん》の戸を開けた。

そこに広がっていたのは、文字通りの銀世界。

深く息を吸《す》いこむと、鼻のおくが〝きん〟とひきつる。

買ったばかりの真新しい雪かき用のスコップを手にすると、わたしは粉雪をけちらして庭先へ出た。

ふと目をやると、花壇《かだん》の上あたりに点々と穴《あな》が空いている。

それも大量に……。

なんだろう……とのぞきこんでみる。わたしは、その穴《あな》にある一定の〝型〟があることに気づいた。

それは……足形。

それもすべて右側のみであり、先端《せんたん》を下に向けた、いわゆる〝つま先立ち〟の状態に見える。

いずれの足跡《あしあと》もはだしでつけたように見え、常識的に考えて人がつけたとは思えない。

大きさからいって、当時のわたしと同い年くらいという想像がついた。

新雪についたその穴《あな》を唖然《あぜん》として見つめながら、わたしは想像をめぐらせてみた。


みんなが寝静《ねしず》まった深夜。無音の空間に、しんしんと降《ふ》り積もる雪。

どこからか、すいっと現れたのは、所々破れのあるからかさ。

きゃいきゃいと嬉《うれ》しそうに落ちる綿雪を愛《いつく》しみ、一本足で庭をはね回っている。


もしあれが、本当にそうだったらたのしいなぁと思う。

霊《れい》たちの宴《うたげ》

いまから二十年以上まえ、わたしは、北関東の北西部に位置するある町に、土木事業用の拠《きょ》点《てん》を設置した。

その町は、古い歴史のある町で、採掘《さいくつ》される石が有名だった。

そこで石を採掘《さいくつ》するために各地から石工が集められ、その石工たちのために周囲には一大歓《かん》楽街《らくがい》が築かれていたという。

ある日のこと。

いつもより早めに仕事が終わったので、わたしは運転手たちに「バーベキューでもやるか！」と声をかけた。

ふだんは険しい顔をしてハンドルをにぎっている男たちが、笑顔《えがお》で応える。

さっそく手分けして、肉とビールを大量に買ってこさせ、バーベキューがスタートした。

歩いて通える近所に住む者が多く、みんな心置きなく飲み食いにてっする。山のように買ってきたビールも肉も、あっという間に底をついてしまった。

「おーい！　だれかビール買ってこい！」

そう呼《よ》びかけるが、どんちゃんさわぎにわたしの声はかき消され、だれも反応しない。

「しかたねえな。おれが行ってくるか……」

近くにいた者に買い物に行ってくると声をかけ、わたしは自分で出ることにした。


この町にはきたばかりで、道がよくわからなかったが、なんとなく酒屋があった記憶《きおく》のある方へ向かって歩いていた。

「しかしほんとに古い町並《まちな》みだな……」

そんなことをつぶやきながら、細く曲がりくねった道をてくてく歩いていく。百メートルほど歩いた所で、なにやらにぎやかな鳴り物の音色が聞こえてきた。

見ると、左手にある古い木造の建物の窓《まど》に、明かりが灯っていて、その中から楽しそうな歌声が聞こえる。

『つぅろぉよぉ、つろぉよ。秩《ち》ぃ父《ぶ》ぅのぉ森ぃのぉ、きつぅねぇどんをぉつろぉよ。

あ、やっつくやっつくやっつくなぁ♪』

「おお! 狐《きつね》つりかぁ。古風な遊びだなぁ。……ってことは、このへんは芸者さんがまだ残ってるんだな」

「狐《きつね》つり」というのは、大店《おおだな》の番頭さんやだんな衆《しゅう》が芸者さんとする、お座《ざ》敷《しき》遊びのひとつ。まえが見えないようにするのと、顔を見られないようにするために、お面代わりにせんすを額にくくり付けて、キツネにふんした芸者さんを追いかける。お座《ざ》敷《しき》でやる鬼《おに》ごっこみたいなものだ。

電球に映《うつ》し出されたなん人もの人影《ひとかげ》は、まさしくお座《ざ》敷《しき》遊びに興じる、楽しそうな景色そのものだった。

なんだか、ほくほくとした温かい気持ちになった。こうしたおもむきは、風情《ふぜい》があって実にいい。

道には最新の車が行き交い、電話を外に持ち歩ける時代になっても、こんな古めかしいお座《ざ》敷《しき》遊びが残っているなんて……。わたしは感慨《かんがい》深げに、なんとなくさっき聞いた節回しを口ずさみながら、目的地である酒屋に到着《とうちゃく》した。

「ビールだるを十本と……」

そういいかけたわたしの言葉をさえぎって、店の親父さんがおどろいたようにこういった。

「そんなにゃあ持って歩いていけなかんべ！　近くならハァ、うちの軽トラで乗せてくよ」

「ああ、それは助かります！」

わたしは荷台に買ったものをのせ、拠点《きょてん》の場所を説明する。

「じゃあ、こっちが近えや」

と、親父さんは、わたしがきたときとは別の道へ走り出した。

車の中でわたしはすぐさま、親父さんにさっき見たことを話してみた。

「なんだいそりゃ？　どこでそんなものやってたん？」

「いや、だから○○旅館のすぐ近くの……」

「ああ、いずみやのあとかなぁ……?」

「い、いずみや?」

「おう、あそこはもともと、芸者さんを置く店があったんだけんど、もうなん十年もめえにつぶれたよぉ」

「いやいや、だってさっき確かに……」

「あんたが聞いた唄《うた》ってなぁ、もしかして『狐《きつね》つり』じゃねえん?」

「えっ!?」

「そうかい……あんたも聞いたんかぁ」

そういうなり親父さんは、車を畑のわきに寄せて停《と》め、タバコに火を点けた。

窓《まど》を開けながら話し出す。

「しかし、そりゃあまた、なつかしい話だなぁ。おれがまぁだがきのころに、あそこにはよく、そんなうわさがあったんさ。実際おれもその唄《うた》ぁ、なんども聞いたしな」

「でも、でもね、親父さん、あれがまぼろしだとは思えないんだが……」

それを聞いて、やにわに車を発進させると、親父さんは、いくつも細い路地を曲がっていく。

やがて、見覚えのある風景に出くわした。

「ほれ。あんたが見たってなぁ、そこだんべ?」

「!!」

そう。その建物にまちがいなかった。思わずわたしは車から降《お》り、さっき明かりが灯ってい
た窓《まど》に近づく。

「そ、そんな……」

木の格子《こうし》が打ちつけられたその内側には、がしゃがしゃに割《わ》れたガラス。

そこから中をのぞきこむと、室内には不要となったさまざまなものが積み上げられ、完全な
物置になり果てていた。

親父さんがいった。

「ここんとこなん十年も、そんなことをいってきたのは、あんただけだで。もしかしたら、他
からきたあんたに、なにか教えたかったのかもしんねえなぁ」

『つぅろぉよぉ、つろぉよ。秩《ちち》ぃ父《ぶ》ぅのぉ森ぃのぉ、きつぅねぇどんをぉつろぉよ。

あ、やっつくやっつくやっつくなぁ♪』

なんとも不思議な体験だった。

百合《ゆり》の塚《つか》

ある町の山中に、一棟《いっとう》の古い建物がある。

もとは白塗《しろぬ》りだったかべは所々がはがれ落ち、いまでは全体にくすんで、見るも無残になっている。週に一度か二度、そこにたくさんの人間が集まり、ほどなくすると、そう高くもない煙突《えんとつ》からけむりが出始める。

そこは火葬場《かそうば》だった。


友人である関口の祖父が他界し、その日、わたしはその葬儀《そうぎ》に参列していた。

その建物のすぐ横には、大きなユリの花が群れをなして咲《さ》いており、周辺の住民はそこを〝百合《ゆり》の塚《つか》〟と呼《よ》んでいた。

「だれが植えたわけじゃあねえだけんど」

花をながめながらタバコをくゆらせていたわたしに、火葬場《かそうば》の職員と思われる初老の男性が語りかけてくる。

「周囲を見てもわかるが、このへんにゃあ、ユリなんか咲《さ》いちゃいねえんだ」

「じゃあなぜ、いまはこんなに?」

わたしは思わず男性にたずねた。それほどに、ユリの花の数と香《かお》りがすさまじかった。

「はっきりしたこたぁ、おれもわからねえがの。ここは数百年もまえから、焼き場だったんだと。まだ、あっこの丘《おか》の上に殿様《とのさま》が住んでらした時分に……」

「ちょっちょっ、ちょっと待ってくださいな。数百年もまえからって……当時はみな土葬《どそう》だったんじゃ?」

「それよう」

「どれですか?」

「探《さが》すなっ!」

「……はい」

「もともと、あんたがいうとおり、このへんも土葬《どそう》があたりまえだったんだが、あるころからどういうわけか、やたらと野犬が出るようになったそうな。それが土まんじゅうひっくり返して、うまってる仏さんを食い散らかしちまう」

「うえ……」

その場面を想像してしまい、わたしは嘆息《たんそく》した。

「同じころにおかしな病もはやりだし、村外れにおった占《うらな》いをする八卦見《はっけみ》に持ちかけると、『今後仏ぁ土にうめるまえに焼け』という目が立ったそうな」

「それは別段《べつだん》、八卦見《はっけみ》じゃなくてもいいそうだけれど……」

それからというもの、この山おくの台地を〝焼き場〟として、この周辺で土葬《どそう》はなくなったのだそうだ。

男性が続ける。

「ずいぶんまえのことじゃで、それがなん百年まえかは、わしもわからんが、このへんで小さな一揆《いっき》があってな。命からがら村へにげ帰ったひとりの若者《わかもの》を、まだ年端《としは》も行かぬ娘《むすめ》がかくまった」

その少女と若者《わかもの》は、それ以前から、なんらかの縁《えん》があったわけではないという。

「若者《わかもの》が血だらけになりながら、往来の横手にたおれとるのを見つけ、娘《むすめ》は自分の家の納屋《なや》に連れていった。ところが、ネコの子一匹《いっぴき》飼うにも、かくし立てなどできるものじゃありゃせん。すぐに見つかって若者《わかもの》は城《しろ》へと引っ立てられ、翌日《よくじつ》にはその裏手《うらて》に首がさらされてあったそうな」

「……はあ……」

「そうなると次に目をつけられるのは、若者《わかもの》をかくまった娘《むすめ》……となり、役人がその子をとらまえようと家へ出向いた。すると裏手《うらて》から、たたたっと走る小さな人影《ひとかげ》を見つけてしまってな……。大人の足に、かなうもんじゃありゃせん。ほどなくして追いつかれ、その場でお手打ち……」

「ひどいな……」

「その子の亡骸《なきがら》を焼いたのが、この台地での初めての火葬《かそう》だったと聞く」

「そうだったんですか。その子の家は、やはりこのそばに？」

「うん？　……ああ、まぁそうじゃな」

男性との話はここで終わり、それから、わたしはお清めの会へ流れた。その日のうちに帰ろうと思っていたわたしに、次々酒が注がれ、結局、その晩《ばん》は関口の家に泊《と》まることとなった。

その晩《ばん》、床《とこ》を延《の》べられたのは、関口家の仏間。

「で、でけえ、お仏壇《ぶつだん》……」

さすがに、ここにひとりでねるのはおそろしく、酒の勢いを借りて、わたしはこのままねてしまおうと考えた。

ぼおぉぉぉ～～んぼおぉぉぉ～～んんんんんん……

しばらくして、どこからかひびいてくる柱時計の音。午前二時を告げている。

(すんげえこわいな、これ……)

目が覚めて、そう思った瞬間《しゅんかん》だった。

いいいいぃぃぃぃぃぃぃぃぃぃ……

(なっ、なんだっ!?　耳鳴り?)

ちいいいいぃぃぃぃぃぃぃぃぃぃぃんんんん……

(リ、リンの音!!)

それはまさしく、頭の方に鎮座《ちんざ》する、あの大きな仏壇《ぶつだん》から鳴りひびいている。

(お、おれは、酔《よ》ってるんだ。すすめられたからって、あんなに飲まねばよかった……)

ゆ……り……

「はぁ?」

思わず口から出た。

ゆ……り……

声からすると、八、九歳《さい》くらいだろうか……。

枕《まくら》もとの左側に強烈《きょうれつ》な〝気〟を感じて、わたしはそれまで、かたくつぶっていた目を開けてみた。

その瞬間《しゅんかん》、まるで存在《そんざい》をかくすようにかき消えてしまった、小さなシルエット。

そしてそのあとには、ほんのりとユリの香《かお》りが立ちこめていた。

翌朝《よくあさ》、気づくと九時を回っている。

「起きたか」

関口がそういいながら仏間に入ってきた。

「起きるさ」

「今日はだれもこんのだ。だからもっとねててもよかったんだぞ」

「そうもしてられん。こう見えても、いろいろといそがしくてな」

それから朝食をごちそうになり、タバコを吸《す》おうと、わたしが縁側《えんがわ》に出かけると、関口がこんなことをいい出した。

「実はな、今日はもうひとつ用があるんだ」

「用って?」

「ああ、墓参りに行きたいんだ」

「でも、おじいさんなら、まだそこにいるだろ」

「いや。別件だ」

一服終わると、関口はあらかじめ用意してあったらしい供花《きょうか》と、供《そな》えものを持って、おくから出てきた。

先祖の墓所はすぐそばだというので、ふたりでいなかの小道を歩き出した。

うっそうとしげる孟宗竹《もうそうちく》の林をぬけると、そのむこうに石囲いの墓地が見えてきた。

「うちの先祖の中に、非業《ひごう》の死をとげた者がいてな」

(ああ、昨日聞かされた、一揆《いっき》の関連か……)

わたしは直感的にそう思った。

「ここだ。ほら、どれも古いだろう?」

見ると敷地内《しきちない》にいくつかの墓碑《ぼひ》があり、それぞれ表には戒名《かいみょう》、うしろには俗名《ぞくみょう》がほられてあった。

「今日は、この子の命日なんだ……」

その中にあっていちばん小さな墓碑《ぼひ》に、関口はかわいらしい菓子《かし》を上げていく。

あのとき感じた〝気〟と、花の香《かお》りを思い出す。

わたしはおそるおそる裏《うら》の俗名《ぞくみょう》を見た。そこには……。

百合《ゆり》
そうほられてあった。

開かずの間

かれこれ十五年もまえになるだろうか。

北海道の北側にTという漁村があり、わたしの友人Kがなにを考えたものか、いきなりそこへ引っこして、レストランを開業するといい出した。

それまでKは、東京都内でしゃれたレストランを経営し、各界の著名人《ちょめいじん》をうならせる〝味の鉄人〟だった。

そんなKのとつぜんの宣言《せんげん》に、周囲はとまどったが、そこは当人にしか理解できぬことと、割《わ》り切るしかなかった。

それから半年後。

わたしはたまたま北海道へ行く機会があったので、冷やかしがてらKの住む町へと足をのばしてみることにした。

町へ入ったあたりでKに電話をかけ、適当な場所を指定して、Kがむかえにくるのを待つ。

周囲は見ごとなほど、なにもない。

しばらくしてKが現れた。

「ひさしぶりだな！　ちょっとやせたんじゃねえか？」

わたしの問いかけに、以前と変わらないようすでKが答える。

「そうでもないが」

「こんな過疎《かそ》の町で商売になるのか？」

「ぜんぜんならねえ！」

車中で、そんな楽しい会話を続けるうち、いつの間にやら、とっぷりと日は暮《く》れていた。

「今日は泊《と》まってくだろ？」

「一応そのつもりできたけどな」

「じゃあ、おれんち行こう。なんかおいしいもの作るから、ひさびさにゆっくり飲もうや」

車はKが指示するとおり、右へ左へとなんども角を曲がり、ある一軒《いっけん》の家のまえにたどり着いた。

「ここだよ」

「うわわっ！」

正直にいうと、それは物置かと思うような建物で、おどろいたわたしの口から、思わず声が出てしまった。

「……うわわ？」

「え！　いやいや、なんでもないって」

なんとかごまかし、Kの家に上がりこむ。

玄関《げんかん》の敷居《しきい》をまたぎ、土間に一歩足をふみ入れた瞬間《しゅんかん》、わたしの中でなにかがざわめき立った。

見るとすみにトイレ、そのとなりにあるガラス戸の向こうが茶の間のようだ。

しかし……もうひとつ〝ドアらしきもの〟があることに気づいた。

〝らしきもの〟と形容したのにはわけがある。

全体にドアらしくはあるのだが、ドアノブがどこにも見あたらず、もともとそれがあったと思われる穴《あな》には、ちり紙のようなものがねじこんである。

しかも、ドアの周囲は、二～三センチほどの間隔《かんかく》で釘《くぎ》が打ち付けてあり、そのようすはとうてい尋常《じんじょう》ではなかった。


それからしばらく、ふたりで世間話をしながら食事を進めた。

ちょっとした話の間ができて、わたしは切り出してみた。

「あのさ、玄関《げんかん》入って右手にもうひとつ、ドアがあったよね。あれ、なに？」

「うん？　ああ、あれな。なんだかわからんのだ。そこのドアだろ？」

Kは玄関《げんかん》の方を指さしていった。

「そうそう。なんだよあれ？」

「あそこは『開かない』んだわ……」

「開かない？　なんで？　『開けない』んじゃなくてか……どうして？」

「ここを借りるとき、大家からいわれてるんだ。『開けないでくれ』って。第一、釘《くぎ》かなんかでがっちりとまってるしな」

「そっ、それでいいのか？　自分の家の中に、りっぱな『開かずの間』があるんだぞ！　気になんないのか？」

これを気にしないKの神経がおそろしいと思った。

「そりゃ最初はちょっと気になったけど、別段《べつだん》、使う用途《ようと》もないしな」

なんだか人の心配ばかりしている自分が、えらくこっけいに思えてきたので、開かずの間の話題はここらで切り上げることにした。

しかし、その部屋の話題にふれた時点で、〝ときすでにおそし……〟だったことをあとで思い知る。


夜もふけてきたので、ふたりで床《とこ》につくことにした。

わたしは長旅のせいもあり、わりとすぐにねむれそうな雰囲気《ふんいき》だったのだが、布団《ふとん》をかぶって五分もたったころだろうか。

「う、う……おぉぉぉ……うううぅぅぅぅっ……え……ええ……」

すさまじく気味の悪いKのうなされ声がして、わたしは完全に目が覚めてしまった。

「おーいっ！　お・き・ろ・よっ！」

「うわ……あ……な、なんだ？」

そういってKは、わりとすぐに起き上がった。

「『なんだ』はこっちのセリフだし！　おっかなくて、ねてられんぞ！」

「そっか……ごめん……ああこわかったぁ」

本来ならば、わたしはここで、なにがこわかったのかと聞くべきところだが、とにかくつかれていたし、とんでもない展開《てんかい》になりそうな予感がしたので、あえてそのまま流すことにした。

やっと静かにねられる……と思った瞬間《しゅんかん》だった。

天井《てんじょう》から下がっている照明の中の小さな常夜灯が、〝ぐるん〟と回転したように見えた。直後に今度は、わたしを強烈《きょうれつ》な金しばりがおそった。そして次第に頭の中に送りこまれてくる、見えるはずのない情景……。

それは、あの〝開かずの間〟の中のようすだと直感した。

一筋《ひとすじ》の明かりもささぬ真の闇《やみ》。

そこにひとりの男がおり、〝なにか〟の周囲をぐるぐると徘徊《はいかい》している。するととつぜん、開くはずのないその部屋のドアをすりぬけ、そこから出てきた男がぶつぶつなにかをつぶやきながら、ゆっくりとこちらに向かってくる。

シルエットになっていて、いまひとつ判然としないのだが、それが決して〝いいもの〟でないことはすぐにわかった。

だんだん近くにくるに従《したが》って、その実態があきらかになっていく。四十代くらいの男性……。しかもそれは、正座《せいざ》したままの姿《すがた》で、すうーっとすべって近づいてくる。

男が部屋の入り口付近まできたときに、もうひとつの事実が発覚した。

ぶつぶつとつぶやいていた〝なにか〟……。

無《む》無《む》明《みょう》亦《やく》無《む》無《む》明《みょう》盡《じん》乃《ない》至《し》無《む》老《ろう》死《し》亦《やく》無《む》老《ろう》死《し》盡《じん》無《む》苦《く》集《しゅう》滅《めつ》道《どう》無《む》智《ち》亦《やく》無《む》得《とく》以《い》無《む》所《しょ》得《とく》故《こ》

それはお経だった。

小さな声ではあるが、確実に般若心経《はんにゃしんぎょう》を唱えながら、こちらに近づいてくるのだ。

そしてわたしたちの枕《まくら》もとまで、あと一メートルほどの距離《きょり》に接近したとき、とつぜんそれは速度を上げて近づき、わたしの顔を〝ずいっ〟とのぞきこんだ！

「うわあああああっ!!」

渾身《こんしん》の力をふりしぼって金しばりを解くと、わたしはその勢いで布団《ふとん》の上に上半身を起こした。

すると、となりでねていたKまでもが、同時にむっくりと起き上がってきたではないか。

「まいった……」

Kがぼそっといった。

「もしかして……同じか？」

わたしの問いにKが答える。

「多分な」

「男か？」

「そうだ」

それからは結局、一睡《いっすい》もできず、朝をむかえた。

「いやあ、昨夜はまいったな……」

わたしがいうと、Kがぽつぽつと、いままでのことを話し出した。

「実はまえから金しばりはあったんだ。だけど……人にはいえないしさ」

「でもこれは尋常《じんじょう》じゃないぞ。このまま住んでいれば、いまにもっと悪いことが起きるぞ！」

いままでにも、たくさんそういう事例をわたしは見ている。

「そうだな。よし！　あの部屋……開けてみっか！」

まさかそうくるとは思わず、必死に止めるわたしをしり目に、Kはどこから見つけたものか、巨大《きょだい》なバール（くぎぬき）を持ってもどってきた。

そして例のドアのまえに立つと、Kは一度、大きく深呼吸《しんこきゅう》した。そして意を決したようにわたしの目を見すえたあと、バリバリとドアをこわし始めた。

木材が劣化《れっか》していたこともあり、〝異界《いかい》へのとびら〟は、いともかんたんに崩壊《ほうかい》した。

外界と遮断《しゃだん》すべく完全に閉《と》ざされた窓《まど》。鼻をつくカビのにおいに混じってただよう、ほのかな線香《せんこう》の香《かお》り。そして部屋の真ん中には……。
丸いちゃぶ台にのせられた白木の位牌《いはい》と、そのまえには箸《はし》を立てたご飯がひっそりと置いてあった。

それから四年後、もちろんKはとっくに引っこしていたが、わたしはどうしても気になり、ひとり、あの家を訪《たず》ねてみた。なんとあの家は丸焼けになっており、そこにはただただ、さびしげな黒い柱だけが林立していた。

あの家で過去になにがあったのか……。いまとなっては判明することはないだろう。

文化住宅《じゅうたく》

「あらあら、かわいらしいワンちゃんだこと」

そんな声にふり返ると、手に草かりがまを持った、七十歳《さい》過ぎ位のおばあちゃんが立っている。

わたしが犬の散歩でたびたび通る、車一台がやっと通れるくらいの細い道。

そのかたわらに一軒《いっけん》の古い文化住宅《じゅうたく》がある。文化住宅《じゅうたく》というのは、日本の住宅《じゅうたく》様式に応接室や玄関《げんかん》ドアなどを取り入れた、和洋折衷《せっちゅう》スタイルの家のことで、大正時代から昭和初期にかけて流行した。

ネコの額ほどの敷地《しきち》にひっそりと建つそれは、まるで急速に進む時代の流れに取り残されたような〝おもむき〟を、かもし出していた。

それ以来、なんどかその家のまえを通ると、そのおばあちゃんに声をかけられ、同じ調子で犬をほめられた。

ある日のこと、いつも通り愛犬のリードを引いていると、それまでには一度も行ったことのない方向へと、犬たちがしきりに鼻先を向けたがる。

やむなくそれに従《したが》って付いていくと、なんということはない、一匹《いっぴき》の柴犬《しばいぬ》が住む家のまえへと出た。

「なんだよおまえたち、仲間が恋《こい》しかったのか」

それからというもの、愛犬の散歩コースはそちらのルートにシフトし、以来、例の文化住宅《じゅうたく》近辺へ行くことはなくなった。

それから一年近くたったある日。

朝からの晴天に気をよくし、わたしは愛犬と連れ立って、近くの公園へぶらりと出かけた。

(そういやあ、あのおばあちゃん、どうしてるかなぁ……)

その帰り道で、ふとそんな思いがよぎり、少しばかり遠回りして、あの文化住宅《じゅうたく》がある細い道へと向かった。

いくつかの角を曲がり、ひさしぶりに通るあの路地へと足をふみ入れたのだが、なんだか周囲がさわがしい。

足早に歩を進めてみると、そのすぐ先のあたりで、土木業者が家の解体工事をしている。

（……えっ？）

なんと、いままさに取りこわし作業が行われているのは、あのおばあちゃんが住んでいた文化住宅《じゅうたく》だった。

（引っこしたのか、亡《な》くなったのか……）

そう思いながらも、わたしはその場をはなれ、以前なんどとなく通った散歩道を、自宅《じたく》へ向かって帰ることにした。

「おや、中村さん」

ふいに呼《よ》び止められて顔を上げると、近所で工務店を営む工藤《くどう》さんが立っている。かんたんなあいさつを交わして、その場をやり過ごそうと思ったのだが、あの家のことが気になって問いかけてみた。

「ああ、あのぼろぼろの平屋ね。もう十年以上、だれも住んでないし、大家さんもそこそこ高齢《こうれい》だからってんでね。息子さんの一存《いちぞん》で、建物をこわして更地《さらち》にしちまうことになったらしいや。まぁねぇ、あんなことがあったんじゃ、好き好んでだれも寄り付かねえだろうしね」

（あんなこと……？）

最後のせりふが気になった。

「あんたがここいらへこしてくる、ずーっとまえのことだがね、あの家で長らくひとり暮《ぐ》らししてたおばあさんが死んじゃってね。ほら、よくいう孤独死《こどくし》ってぇやつでさ。それ以来、借り手も見つからなくて、ずっと空き家だったんだよ」


なんだか悲しかった。

思わず犬をほめてくれたおばあちゃんのことが、口から出かかったが、わたしはぐっとそれを飲みこんだ。

依然《いぜん》重機の音がひびく〝解体現場〟をふり返る。

くずれ落ちた残骸《ざんがい》の陰《かげ》から、あれ果てた小さな花壇《かだん》が見えた。

そこには、世話をしてくれる人が絶えたあとにも毎年花をつける、一列に並《なら》んだチューリップがゆれていた。

風の通るホテル

いまから十数年まえ。

あるサーキットで開催《かいさい》された公式のカーレースで、実況《じっきょう》放送するメインMCを依頼《いらい》されたわたしは、事前打ち合わせのために、前日午後から会場につめていた。

あらかたの準備や調整が終わって一息ついていると、主催《しゅさい》団体の社長が声をかけてきた。

「中村さん、おつかれ様！」

「ああ、おつかれ様です。もういらしてたんですか？」

「うんうん、コースの具合なんかが気になってね」

「もうばっちりですよ。明日のトーナメント戦はお任せください」

「あはは、そういわれると心強いね。あ……ところでね。今夜の宿は、もう決まってるかい？」

「宿ですか？　おそらく施設内《しせつない》にある、いつものホテルじゃないかと……」

「ああそうか。いや実はね……」

社長の古くからの友人が、サーキットから少し行った山中で、ホテルを経営しているという。ここ最近の不景気のあおりで、客足が低迷して困《こま》っている、格安で部屋を提供《ていきょう》するから、ぜひうちを使ってもらえないか……という話だった。

「ああ、それはかまいませんよ」

断る理由もなかったので、わたしは即答《そくとう》した。

「おおそうか。じゃあわたしが道案内するから、いっしょに乗せていってくれるかな」

その場に残るスタッフにひと声かけ、社長といっしょに、わたしの車でそのホテルへと向かった。


社長は山中……といったが、曲がりくねった峠道《とうげみち》を走ること五十分。

とつぜん視界《しかい》が開けると、そこにそれまでの山間地帯には似つかわしくない、白く巨大《きょだい》な建物が全景を現した。

築なん年なのかはわからないが、建物全体がゆるいCの字に湾曲《わんきょく》していて、古さを感じさせない前衛的な雰囲気《ふんいき》がそこにはあった。

「じゃあ、わたしは決まった部屋があるのでここで。明日はよろしくお願いしますよ」

社長はそういうと、後部座席《ざせき》から荷物を取り出し、すたすたと建物の中へ入っていく。

わたしもそのあとを追うようにしてロビーに向かい、フロントで社長のことを告げた。

「はい。○○社長様より、お聞きいたしております。それでは……この中からお好きな部屋をお選びください」

「んっ？　お好きな部屋？」

「はい。三部屋ほどご用意させていただいておりますので、その中からお好きなお部屋をと……」

ここでわたしは迷うことなく、いちばん右に置かれたキーをチョイスした。さげられたクリスタルのキーホルダーには〈６０３〉と記されている。

いまになって思えば、なぜ〝いちばん右〟を選んだかは定かではない。

エレベーターホールに向かうとちゅう、〈天然温泉《おんせん》←〉のかんばんを発見した。

（おお！　地下に温泉《おんせん》があるのか！　いったん部屋に荷物を置いて、さっそく行ってみよう）

喜び勇んでエレベーターに飛び乗り、⑥のボタンをおす。

少しすると〝ポン〟という音が、指定階に到着《とうちゃく》したことを知らせてくれた。

建物の形通りにゆるく曲がった廊下《ろうか》を、荷物を持って足早に進んでいく。

異様《いよう》に長く感じられるじゅうたんじきの廊下《ろうか》をしばらく行くと、左手に〈６０３〉が現れた。

かぎを差しこんで回すと、あるあたりから感触《かんしょく》が変わり、それがオートロックの反応であることがわかる。

ドアが開いた。

と同時に、室内から〝ぶうわっ〟とふき出してくる〝なにか〟を感じた。

中に一歩足をふみ入れると、直感的にくる例の（あれ？）という感覚が、わたしをおそう。

〝残念な部屋〟……。

瞬間的《しゅんかんてき》に頭の中にうかんだそのフレーズにおののき、わたしはすぐに部屋中の電気をつけ、かべにかけてある額縁《がくぶち》の裏《うら》やベッドのうしろ、下をのぞいてみる。

お札の類いは見あたらない。

（気のせいか……）

と少し安堵《あんど》して、先ほどの温泉《おんせん》に行くことにする。

部屋に置かれたタオル一式を持つと、すぐさま地下へとむかう。

ところが脱衣所《だついじょ》に着いてみると、設置されているロッカーはすべて有料。その日は他にも入浴客が大勢おり、うで時計をしたままそこにきているわたしは、ロッカーに施錠《せじょう》しないで入浴する勇気はなかった。

こうなると、小銭《こぜに》を取りにいったん部屋へもどるしかない状況《じょうきょう》なのだが、急げきに、寝不足《ねぶそく》と旅のつかれによる睡魔《すいま》がおそってきた。

（めんどうだから部屋風呂《ぶろ》でがまんするか……）

結局こうなってしまった。


部屋風呂《ぶろ》は、どこにでもあるような、トイレと洗面台《せんめんだい》がセットになった、決して広くはないユニットバス。わたしはカーテンを引き、浴槽《よくそう》の中に立って体を洗《あら》った。

そして髪《かみ》を洗《あら》おうと、シャワーの湯をかぶり、目をつぶった……と、そのとき。

ブワアッ!!

しっかりと閉《し》めたはずのバスルームの入り口から、一陣《いちじん》の冷風がふきこみ、浴室のカーテンが大きくなびいた。ビニール製の生地がはためき、ぬれたわたしの体にまとわり付く。

「うわわっ！　だ、だれか入ってきた!?」

おどろいたわたしはすぐにタオルで目をぬぐい、とっさにカーテンを開けてみたのだが、部屋へと通じるドアはぴったりと閉《し》まったまま。

なんだか急にうす気味悪くなったわたしは、手早く髪《かみ》をすすぎ、バスルームを出た。

そしてバスタオルを頭にかぶり、部屋へ一歩足をふみ入れておどろいた！

バタバタバタバタッ!!

まるで、なにかが羽ばたくかのような大きな音が、部屋中にひびきわたっている。

「なっ、なんだっ⁉」

音のする方を見ると、引きちがい式のガラス窓《まど》が大きく開き、カーテンが外からの風に大きくまっている。

「な、なんだこりゃ？　あっ、さっきの風はこれだったか……」

瞬間的《しゅんかんてき》に納得《なっとく》しそうだったが、別の疑問《ぎもん》が大うずとなっておし寄せてくる。

（いったいこれを開けたのは、だれなんだ……？）

ガラス窓《まど》のその部分が開くことすら知らなかったわたしが、あえて窓《まど》を開放するはずもない。

そして本来であれば、その時点でわたしは部屋を替《か》えてもらうべきだったのだ。


そのときから、なんだかおかしな〝気〟が部屋中にただよい始め、わたしは食事をとることすらおっくうになっていた。

テレビに並《なら》んで置かれた冷蔵庫《れいぞうこ》を開け、缶《かん》ビールを一本取り出す。ビールを開け、セットで付いていたつまみをやりながら、テレビをつけてベッドに腰《こし》かけた。

お笑い芸人が出ているようだが、画面は映《うつ》りがあまりに悪く、砂嵐《すなあらし》のむこうにいるのがだれなのかさえわからない。

その直後、すさまじい勢いで睡魔《すいま》がおそってきて、わたしはビールを枕《まくら》もとに置くと、ベッドにもぐりこんだ。

わたしはよくホテルを利用するのだが、ぴしっと糊《のり》の利いたカバーでベッドメイキングされた状態が大好きで、それをがばっとはがさず、足先からもぐりこんでいくのを至上《しじょう》の喜びとしている。

(ああ……明日の朝は早いし、ちょうどいいや……)

そう思いながらうとうとし始めたとき、耳もとでとつぜんなにかがパチィッと鳴った。

びっくりして目を覚ますと、なんと視界《しかい》に映《うつ》るものがなにひとつない。真っ暗なのだ。

消したはずのない室内照明はおろか、テレビまでもが消え、思わずアイマスクでもしていたかと自分の顔を探《さぐ》ったほどだった。

(おいおいおい、じょうだんじゃねえぞ……)

鼓動《こどう》が一気に高まる。全身をなにかがかけめぐっていく。なのに不思議とねむくなるのだ。

再びうとうとし始めると、今度は一段《いちだん》と大きくバシィッときた。

「おおっ！」

これには思わず声が出た。

それほどまでに強烈《きょうれつ》な音で、しばらく耳鳴りが残っていたほどだ。

わたしはおそるおそる目を開けた。

するとすべてが元通り、つまり明かりがもどっている。

（なんなんだこれは？　これじゃあ夢と現実の区別がつかないな。一回……二回ときて……三度目の正直はごめんだな。万が一、もう一度鳴るようなことがあったら、フロントへ行って部屋を替《か》えてもらうしか……ない……か……）

そんなことを考えながらも、再びしっかりと睡魔《すいま》はおそってくる。

そしてやはりきた。三回目……さすがにこれはこわかった。

ガゴゴンッ!!

先ほどまでの〝耳もとで鳴る〟それとはちがい、まるで部屋中に鳴りひびくように聞こえた。

目を開けるのがはばかられた。

なぜなら、この音に、わたしは聞き覚えがあったからだ。

この音は、ついさっき勝手に開いていた、ベッドわきにある窓《まど》の開閉《かいへい》レバーを操作《そうさ》する音……。

（うわっ！　窓《まど》が開いた！）

瞬間的《しゅんかんてき》にそう思ったとたん、今度は強烈《きょうれつ》な金しばりがまとわり付く。

（こ、こんなときに金しばりっ！　やはりこの部屋は……）

次の瞬間《しゅんかん》、今度はぴったりとメイキングされたベッドの足もとから、まるで布団《ふとん》を頭でおし上げるようにしながら、なに者かが侵入《しんにゅう》してきた。

（うえぇっ！　なんかきた！　なんかきたーっ！）

必死になって身をよじろうとするが、いつになく強い金しばりに、わたしは身動きひとつできないでいた。

んん――――っ！

そう声を上げながら、足もとから入ってきたなに者かに、わたしはやにわに両足首をつかまれた。

「うわあああああああああああっ!!」

渾身《こんしん》の力をふりしぼってなんとか金しばりを解き、ベッドの上に飛び起きたわたしは、真っ先に足もとに視線《しせん》を走らせた。

なんとそこには、その〝なに者か〟が、いまだ上へはい上がろうと、うずうずとうごめいているのが見えた！

さすがのわたしもこれにはたまらなくなり、なにも持たずに部屋を飛び出ると、はだけたゆかたもそのままに、エレベーターホールへと疾走《しっそう》した。

社長の手まえ、なんとかここまではがまんしてきたが、もう限界だった。

これは尋常《じんじょう》ではない。

やっときたエレベーターに飛び乗り、①のボタンをおすと同時に、備え付けの鏡でえりもとに目をやる。

「うわああああああっ!!」

わたしのうしろに、真っ赤な〝ぼろきれ〟が立っている。

いや、そうではない。顔の半分以上が肉のかたまりと化した……女？

それを見たとたん、わたしは身動きが取れなくなり、鏡に映《うつ》るそれを凝視《ぎょうし》していた。

それは小刻《こきざ》みにぷるぷるとふるえ、ありえない大きさにまで開いた口を、ときおり動かしている。そしてその度に、聞くにたえない音を発してくる。

カキ……コキャ……ミチミチッ……ミチッ
わたしは胃の中のものがそっくり逆流しそうになり、思わず口をおさえて目をつぶった。

……気が付くと、それはいなくなっていた。


〝ポン〟

待ちかねた音が聞こえ、エレベーターがようやく一階に到着《とうちゃく》。ドアが開き切らぬうちにわたしはそこから飛び出し、フロントへと走った。

見るとそこには、チェックインしたときに対応してくれたフロントスタッフの姿《すがた》。

足早にそのまえに進むと、一度大きく深呼吸《しんこきゅう》をしてから、わたしはこう切り出した。

「あの……おれ、６０３に泊《と》まってる者なんだけど、部屋を替《か》えてもらえないかな」

若干《じゃっかん》、声が上ずり気味ではあったが、なんとか冷静に伝えることができた。

そのとき取ったフロントスタッフの対応に、正直おどろいた。「なにか不備がございましたか？」とか、「なにか不都合がおありでしょうか？」と聞いてくるのがふつうだろう。ところが彼《かれ》はちがった。

「かしこまりました」

一瞬《いっしゅん》たりとも表情を変えず、たったひとことそういうと、別の部屋のかぎを出してきた。

見るとそこには〈201〉の刻印《こくいん》。

「あのさ、悪いんだけど」

「はい」

「おれの荷物、603に置いたままなんだよね」

「はい」

フロントスタッフは、にこりともせず同じ口調でいう。

「悪いんだけど、新しい部屋に……201に持ってきてもらえ……」

「それはできかねます」

「えっ？」

わたしの言葉にかぶせて即答《そくとう》するフロントスタッフを、わたしは思わずにらみつけていた。

「保安上の関係から、お客様のお荷物の移動を、当方で承ることはできませんので」

「……できませんじゃねえだろ」

「いえ、どんなご事情があろうと、お客様ご本人様にお願いいたしております」

「じゃ、じゃあわかったよ。その代わり……ちょっとあんた部屋までついてきてくれ」

「わたしが……でございますか？」

「だってかぎも置いてきちゃってるから、いまごろオートロックかかってんだろ？」

「……かしこまりました」

なんとなくほっと胸《むね》をなで下ろし、このフロントスタッフと連れ立って、わたしは再びエレベーターに乗りこんだ。先ほど見た〝あれ〟が現れることはなかった。

六階に着き、問題の部屋に向けて歩き出す。

部屋のまえまできて「ちょっとあんたが開けてくれ」と、わたしはフロントスタッフに依頼《いらい》した。

開けられたドアから、おそるおそる中をのぞく。

まるでなにごともなかったかのように、雑音混じりにテレビがしゃべっている。

「いますぐ荷物まとめるから、ちょっと待っててくれ」

そう声をかけて、部屋の中へわたしは足をふみ入れた。

ベッドを見ると、先ほど足もとから入ってきた〝なに者〟かの痕跡《こんせき》はとうになく、かけ布団《ぶとん》はただ静かにそこでうなだれていた。

トラベルバッグに、携帯《けいたい》やタバコなどを放りこみながら、ふと入り口を見ると、フロントスタッフがこわばった表情で立っている。

「あんた……なにしてんだ？」

フロントスタッフの立ち位置が、妙《みょう》にアンバランスな感じがして、わたしは思わず問いかけた。

部屋の入り口に立ち、右手でドアをおさえているのだが、その足もとは、まるで結界をきらう〝もののけ〟のように、部屋への進入をこばんでいるように見えた。

別の部屋に替《か》えてもらってからは、なにごともなく朝をむかえた。

このホテル、現在は閉鎖《へいさ》され、ゴルフ場付きで三億円という安値《やすね》にもかかわらず、いっこうに売れる気配がないのだという。

あの世とこの世

世にいう〝臨死《りんし》体験〟とは少しちがった、こんな話をしてみようと思う。

十六歳《さい》のころ、オートバイの免許《めんきょ》を取ったばかりで、とにかくどこでもいいから走りに行きたい……わたしは、そんな毎日を送っていた。

その日は友人の石倉とともに、朝早くから海づりに行くことになっており、わたしは荷物を背負《せお》うと、朝まだきの国道を、待ち合わせ場所を目指して走り出した。

石倉の家は海の近くにあり、待ち合わせ場所といっても、彼《かれ》の家から少し出たあたりのコンビニである。

この時間は、車も人もほとんど見あたらず、車を気にすることなく、軽快に飛ばしていくことができる。

少し行くと国道から外れ、今度は県道へとスイッチする。次第にゆるやかな右カーブに差しかかり、信号のないおだやかな道を疾走《しっそう》していく。

ふと気づくと、右にのびた農道を、一台の軽トラックがこちらに向かってくるのが見えた。わたしが走っているのは県道で、こちらが優先《ゆうせん》道路となる。軽トラックがどちらに曲がるにしても、その手まえでいったん停止をするのが基本中の基本だ。

ところが、農道を直進してきた軽トラックは、県道の手まえで停《と》まることなく飛び出し、わたしが走る車線を大きくオーバーして、わたしのバイク目がけてつっこんできたのだ！

ドシャアッ!!

わたしのバイクに軽トラックは正面から衝突《しょうとつ》した。わたしは勢い余って軽トラックを飛びこえ、右手のしげみにむかって、なんと十八メートルも飛ばされ、着地した。

「う、うおお……」

落ちた瞬間《しゅんかん》、いったんは上半身を起こしたのだが、全身に走る痛《いた》みにたえきれず、そのまま、あお向けになってわたしは気を失った。

しかし〝気を失った〟というのは、わたしの外見上のことであり、その間もわたしの中では、しっかりと意識を確保したままだった。

あお向けにたおれたとたん、わたしはなんと、まるでジェットコースターにでも乗っているかのような感覚におちいっていた。

周囲がきらきらとかがやくトンネルの中を、うしろ向きで高速滑走《かっそう》していたのだ。

そのときの感覚は、いまだにあせることなくはっきりと思い出せる。

現実にジェットコースターに乗っているような、ときおり、胸《むな》もとがひやっとする感じまである。そして、周囲の光がどんどん流れていくさまさえ、まるで現実のもののように視界《しかい》に飛びこんでくるのだ。

自分の身になにが起こっているのかがわからず、ただただうしろを向いたまま、急速に坂を下っていく……。

と、そのときだった。

「まさみ！　まさみ!!」

耳がさけるほどの大声が聞こえ、次の瞬間《しゅんかん》、わたしは病院のベッドの上で目が覚めた。

「ああよかった。あんた、心臓《しんぞう》止まってたのよ」

たったいま目を覚ましたわたしにとって、母のひと言はきつかったが、なんとか蘇生《そせい》し、心《しん》肺《ぱい》停止の状態からだっした瞬間《しゅんかん》を、わたしは味わったのだった。

それからは安全運転を心がけ、いまにいたるまで、大きなバイク事故は経験していない。


それから十年後の夏。

わたしはその日、東京都下にある大きな病院の中にいた。

友人である定岡《さだおか》の父親が搬送《はんそう》され、たまたまその場にいたわたしも、いっしょに付きそって病室にいた。

定岡《さだおか》の父は末期ガンをわずらっていて、抗《こう》ガン剤《ざい》治《ち》療《りょう》を断念し、自宅《じたく》で療養《りょうよう》していたが、数時間まえに容体が急変。すでに心の準備をしているであろう家族にみとられ、いままさに天に召《め》されようとしていた。

心電図の波形がじょじょに弱まり、担当《たんとう》医師が聴診器《ちょうしんき》を患者《かんじゃ》の胸《むね》にあてる。そしてそれをたたむと、家族の方に向き直り、おどろくべき言葉を口にした。

「いまからお父様は旅立たれます。人は死の瞬間《しゅんかん》、〝急激《きゅうげき》に坂を下っていく感覚〟になります。みなさん、しっかりお父様の手をにぎっていてあげて下さい」

それを聞いたわたしは、まるで雷《かみなり》に打たれたような感覚におちいった。

いま、この医者は確かに「坂を下っていく感覚」といった。

それはまぎれもなく、十六歳《さい》のときにわたしが経験した、あの感覚と同じものだ。

(やはりあのとき……わたしは死にかけていたんだ……)

そう思わざるを得ないできごとだった。

さらに、ここでもうひとつ、わたしの理解者であるひとりの女性のお母様が経験した、実に不思議な話をしよう。

その日は、女性の母方にあたる、祖母の自宅《じたく》につめていた。

老衰《ろうすい》で、いままさに天へとさそわれようとしている祖母を、女性のお母様が見守っていた。

祖母がまぶしくないようにと、部屋の中はうす暗くしてあり、となりの部屋には祖父もひかえていた。

するととつぜん、祖母のねている布団《ふとん》の上が明るくなった。

「な、なにごと!?」

お母様がそこに視線《しせん》を移すと、天井《てんじょう》からまるで金色のカーテンをつるしたような光が降《ふ》り注ぎ、それに呼応《こおう》するかのように、祖母の体がすうっと上にうき上がった。

「お父さん！　お父さん見て!!」

お母様はとなりの部屋にいた祖父を呼《よ》ぶと、その光景をふたりそろって呆然《ぼうぜん》とながめていたという。

そう、それこそが祖母の天命つきる瞬間《しゅんかん》であった。


人はいつか必ず死をむかえる。

いいかえれば、だれしもが生まれたそのときから、その最期《さいご》の瞬間《しゅんかん》に向かって歩き出すのだ。

〝あの世〟がどういう所なのか、それを明確に示すものはないし、それ以前に、〝あの世〟が本当に存在《そんざい》するのかどうかさえ、現世に生きる我々《われわれ》にはわからない。

でも先人たちがどこかで待っていることは、まぎれもないことのように思える。またそう思うこと自体が、その先人たちに恥《は》じないようにしなければ……という生き方をさせるのだ。これは事実だ。

最期《さいご》をむかえる瞬間《しゅんかん》、天から金の光が降《ふ》り注ぐ……。

なんと素敵《すてき》なことではないか。

最後に

この本の中には、思わず目を背《そむ》けたくなるような惨状《さんじょう》や、そのような表現がされている箇所《かしょ》が出てきます。読んでいただける方の様々な年齢《ねんれい》を思うとき、そこに配慮《はいりょ》し、表現を変えるべきだったのかもしれません。

しかし現実はちがいます。

たとえこの本の中でそれをかくし、あたりさわりのない言葉づかいでいい表しても、現実は常に過酷《かこく》なものです。それで純然《じゅんぜん》たる「人の死」「人の心」「人の道」を描《えが》くために、あえてこうした表記、表現を用いました。

この日本には、様々なすばらしい文化が継承《けいしょう》されています。

歌舞伎《かぶき》、文楽、講談、落語……。それらの中で命を説き、人の情けや魂《たましい》を称《たた》えてきました。

そしてそのすべての文化には、いつの時代も〝怪談《かいだん》〟がつきものでした。怪談《かいだん》を通して「命とは？　人の情けとは？　そして魂《たましい》とは？」と問うてきたのです。

そんなすばらしい継承《けいしょう》があるにもかかわらず、現代《いま》はどうでしょうか？

人の亡《な》くなった場所を〝心霊《しんれい》スポット〟と称《しょう》してあざける、神社仏閣《ぶっかく》にいたずら書きをする、どこへ行ってもスイッチひとつで明かりが灯《とも》り、真の闇《やみ》はどこにも見あたらない……。

そう。本当の闇《やみ》は、人の心の中にのみ存在《そんざい》するようになったのです。

わたしは幼少《ようしょう》のころから、数々の怪異《かいい》を目《ま》のあたりにしてきました。その中には、おそろしいもの、不思議なもの、悲しいものなどが混在し、多種多様な思い出として形作られています。

「なぜわたしなんだ？　なぜいまなんだ？　なぜ……？」

怪異《かいい》に出会うたびに、いく度となく同様の疑問《ぎもん》がわき、答えの出ないことと知りながらも、母に問うてみたこともありました。

そしてその答えが、ここへきてやっと、見えてきたように思えます。

そう。それこそがこの本の存在《そんざい》なのです。

わたしは過去、数々の教育機関に招かれて、〝道徳怪談《かいだん》〟なるものを実施《じっし》してきました。しかし、子どもたちに〝本当の怪談《かいだん》〟を示す機会にはめぐまれなかったように思います。

この本にある数多くの話を、読者が「怖《こわ》い」と感じるか、「気持ち悪い」と感じるか？　そんな中で、もし「なぜ？」と感じる読者がいたならば、わたしの役目は果たされたことになる、そうわたしは考えています。

なぜ彼女《かのじょ》は死にいたったのか？　なぜ彼《かれ》はそこまでのうらみを持ったのか？　そして、なぜこの世に想《おも》いを留《とど》まらせているのか？

すべてを読み終えたとき、そんな多くの「なぜ？」を読者が感じてくれたなら、わたしは嬉《うれ》しいかぎりです。

数百兆分の一の確率でビッグバンが起き、数十兆分の一の確率で銀河系《ぎんがけい》ができ、数兆分の一の確率で太陽系《たいようけい》ができ、数百億分の一の確率で地球ができ、数十億分の一の確率で人間が誕生《たんじょう》し、数億分の一の確率であなたが生まれました。

人を殺しえるほどの苦しみも、自ら命を絶つほどの悲しみも、この途方《とほう》もない数字のまえには存在《そんざい》しない……ということを知っていてほしいと思います。

中村まさみ
北海道岩見沢市生まれ。生まれてすぐに東京、沖縄へと移住後、母の体調不良により小学生の時に再び故郷・北海道に戻る。18歳の頃から数年間、ディスコでの職業ＤＪを務め、その後20年近く車の専門誌でライターを務める。
自ら体験した実話怪談を語るという分野の先駆的存在として、現在、怪談師・ファンキー中村の名前で活躍中。怪談ネットラジオ「不安奇異夜話」は異例のリスナー数を誇っていた。全国各地で怪談を語る「不安奇異夜話」、怪談を通じて命の尊厳を伝える「道徳怪談」を鋭意開催中。

著書に『不安奇異夜話 不明門の間』（竹書房）、オーディオブックＣＤ「ひとり怪談」「幽霊譚」、監修作品に『背筋が凍った怖すぎる心霊体験』（双葉社）、映画原作に「呪いのドライブ　しあわせになれない悲しい花」（いずれもファンキー中村・名）などがある。

●校正　株式会社鷗来堂
●装画　菊池杏子
●装丁　株式会社グラフィオ

怪談 5分間の恐怖　病院裏の葬り塚

発行	初版／2017年3月　第3刷／2018年4月
著	中村まさみ
発行所	株式会社金の星社 〒111-0056　東京都台東区小島1-4-3 TEL　03-3861-1861（代表）　FAX　03-3861-1507 振替　00100-0-64678　ホームページ　http://www.kinnohoshi.co.jp
組版	株式会社鷗来堂
印刷・製本	図書印刷株式会社

256ページ　19.4cm　NDC913　ISBN978-4-323-08114-4

乱丁落丁本は、ご面倒ですが小社販売部宛にご送付ください。
送料小社負担でお取り替えいたします。